三國志

冊二

（晋）陳壽 撰

白山出版社

（承上冊）

原文

袁紹字本初，汝南汝陽人也。高祖父安，爲漢司徒。自安以下四世居三公位，由是勢傾天下。紹有姿貌威容，能折節下士，士多附之，太祖少與交焉。以大將軍掾爲侍御史①，稍遷中軍校尉，至司隸。

《英雄記》曰：「紹生而父死，二公愛之。幼使爲郎，弱冠除濮陽長，有清名。」

靈帝崩，太后兄大將軍何進與紹謀誅諸閹官，太后不從。乃召董卓，欲以脅太后。常侍、黄門聞之，皆詣進謝，唯所錯置。時紹勸進便可于此決之，至于再三，而進不許。令紹使洛陽方略武吏②，檢司諸宦者。又令紹弟虎賁中郎將術選溫厚虎賁二百人，當入禁中③，代持兵黄門陛守門戶④。中常侍段珪等矯太后命⑤，召進入議，遂殺之，宫中亂。術將虎賁燒南宫嘉德殿青瑣門，欲以迫出珪等。珪等不出，劫帝及帝弟陳留王走小平津。紹既斬宦者所署司隸校尉許相⑥，遂勒兵捕諸閹人，無少長皆殺之。或有無須而誤死者，至自發露形體而後得死。宦者或有行善自守而猶見及。其濫如此。死者二千餘人。急追珪等，珪等悉赴河死。帝得還宫。

臣松之以爲紹于時與卓未構嫌隙，故卓與之諮謀。

注釋

①掾：所屬的官員。②方略：計策謀略。③禁中：這裏指宫中。④兵：兵器，武器。⑤矯：謊稱，詐稱。⑥署：任命的意思。

譯文

袁紹字本初，汝南郡汝陽縣人。他的高祖父袁安在漢朝做過司徒。從袁安以下，四代人都官居三公的高位，所以，袁家的勢力遍及全國。袁紹本人長得相貌堂堂，而且能夠放低自己的身價去結識有本事的人，這些人大多數都依附于他，太祖年輕的時候也和他有過來往。後來，袁紹以大將軍的屬官在朝廷做了侍御史，官位逐漸升至中軍校尉，後來官居司隸校尉。

靈帝駕崩以後，太后的哥哥大將軍何進和袁紹一起謀劃

袁紹

袁紹字本初，汝南郡汝陽縣人。其高祖父袁安在漢朝做過司徒，從袁安以下，四代人都位居三公。袁紹儀表堂堂，且能折節下士，士人多願歸附于他。袁紹以大將軍的屬官在朝廷做了侍御史，官位逐漸升至中軍校尉，後來官居司隸校尉。

着殺掉宮裏所有的太監，太后不同意，何進就把董卓召來，想用董卓來威脅太后。常侍、黃門聽到這個消息後，都到何進那裏謝罪，所有的人都願聽他的處置。當時，袁紹勸何進趁着這個機會把宦官都殺掉，而且反復地向他說明這樣做的理由，但是何進始終不肯答應。他命令袁紹到洛陽策劃組織武官，監視宦官的舉動。又指使袁紹的兄弟虎賁中郎將袁術挑選二百名溫厚的虎賁勇士，開進禁城裏代替手持兵器的黃門來守衛宮門。中常侍段珪等假托太后的旨意，把何進召進宮裏商量事情，借機把他除掉了。宮裏頓時混亂了起來。袁術率領武士放火燒掉了南宮嘉德殿青瑣門，想憑借這個事情迫使段珪等從宮裏出來，段珪等不願意出來，把少帝及其弟陳留王劫持到了小平津。袁紹殺了張讓、段珪等所任命的司隸校尉許相之後，便指使其部下士兵將所有的宦官都捉拿起來，不論年齡大小，統統都殺掉。其中有不少沒有胡子的人也被他們誤認爲宦官殺掉了，以至于有的人在親自脫掉衣服赤身露體之後才可以不被誤殺。有些安分守己、不做壞事的宦官也被殺掉了。袁紹指揮的屠殺宦官的行爲竟然到了這樣的程度。被殺掉的人達到二千餘人。袁紹又派人急忙追趕段珪等，段珪等逃到黃河邊上，最後全部投河自殺了。皇帝就這樣回到宮裏。

廢漢帝陳留踐位

原文

董卓呼紹，議欲廢帝，立陳留王。是時紹叔父隗爲太傅，紹僞許之，曰：「此大事，出當與太傅議。」卓曰：「劉氏種不足復遺。」紹不應，橫刀長揖而去。紹既出，遂亡奔冀州。侍中周毖、城門校尉伍瓊、議郎何顒等，皆名士也，卓信之，而陰爲紹①，乃說卓曰：「夫廢立大事，非常人所及。紹不達大體，恐懼故出奔，非有他志也。今購之急②，勢必爲變。袁氏樹恩四世，門生故吏遍于天下，若收豪傑以聚徒衆，英雄因之而起，則山東非公之有也。不如赦之，拜一郡守，則紹喜于免罪，必無患矣。」卓以爲然，乃拜紹勃海太守，封邟鄉侯。

【注釋】①陰：暗中，私下。②購：這裏指懸賞捕捉犯人。

【譯文】董卓召袁紹過去，和他一起商議準備廢除少帝，立少帝的弟弟陳留王爲帝。這時袁紹的叔父袁隗爲太傅，袁紹表面上假裝答應了這件事，說：「這件事是大事，我應該回去和太傅商量一下。」董卓說：「劉氏後代不值得再被留下了。」袁紹不答應，橫拿着佩刀作了一個長長的揖就出去了。袁紹出來以後，就逃到了冀州。侍中周毖、城門校尉伍瓊、議郎何顒等人都是朝廷裏的名人，董卓信任他們，而他們私下幫助袁紹，他們勸董卓說：「廢立皇帝是一件大事，不是平常人所能做到的事情。袁紹不識大體，因爲驚恐懼怕才出逃，並沒有別的陰謀。現在急着捉捕他，必然會引起他的叛變。袁家樹立的恩惠已經有四代了，學生和舊的屬吏遍布全天下，假如他廣泛地收攬豪傑、聚集門徒和隨從，天下的英雄都會依附于他，跟隨他起來造反，如果那樣的話，山東就不能被你所擁有了。不如赦免他，必定沒有禍患。」董卓認爲他們說得有道理，于是任命袁紹爲渤海太守，封爲邟鄉侯。

【原文】紹遂以勃海起兵，將以誅卓。語在武紀。紹自號車騎將軍，主

盟，與冀州牧韓馥立幽州牧劉虞爲帝，遣使奉章詣虞，虞不敢受。後馥軍安平，爲公孫瓚所敗。瓚遂引兵入冀州，以討卓爲名，內欲襲馥。馥懷不自安。會卓西入關，紹還軍延津，因馥惶遽，使陳留高幹、潁川荀諶等說馥曰：「公孫瓚乘勝來向南，而諸郡應之，袁車騎引軍東向，此其意不可知，竊爲將軍危之①。」馥曰：「爲之奈何？」諶曰：「公孫提燕、代之卒，其鋒不可當。袁氏一時之傑，必不爲將軍下。夫冀州，天下之重資也，若兩雄並力，兵交于城下，危亡可立而待也。夫袁氏，將軍之舊，且同盟也，當今爲將軍計，莫若舉冀州以讓袁氏。袁氏得冀州，則瓚不能與之爭，必厚德將軍。冀州入于親交，是將軍有讓賢之名，而身安于泰山也。願將軍勿疑！」馥素恇怯②，因然其計。馥長史耿武、別駕閔純、治中李歷諫馥曰：「冀州雖鄙③，帶甲百萬，穀支十年。袁紹孤客窮車，仰我鼻息，譬如嬰兒在股掌之上，絕其哺乳，立可餓殺。奈何乃欲以州與之？」馥

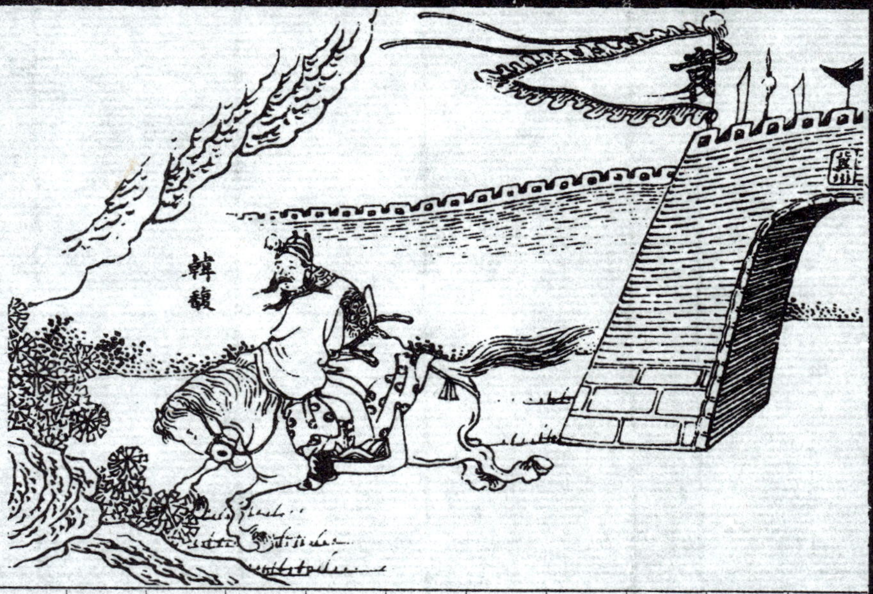

紹據冀州

曰：「吾，袁氏故吏，且才不如本初，度德而讓④，古人所貴，諸君獨何病焉⑤！」從事趙浮、程奐請以兵拒之，馥又不聽。乃讓紹，紹遂領冀州牧。

注釋 ①竊：暗地，私下。這裏指表達個人意見時用的謙辭。②恇怯：害怕畏縮。③鄙：指地理位置比較偏遠的地方。④度：估測，估量。⑤病：責難，難爲。

譯文 袁紹就從渤海郡起兵，將要討伐董卓。這件事被記載在《武帝紀》裏。袁紹自己封自己爲車騎將軍，主持叛軍聯盟，與冀州牧韓馥一起立幽州牧劉虞做皇帝，並且派使者拿着奏章前去覲見劉虞，但是劉虞不敢接受。後來，韓馥的隊伍駐扎在安平，又被公孫瓚打敗。于是公孫瓚便率領軍隊進入

冀州，他以討伐董卓爲名，實際上襲擊韓馥。韓馥心裏忐忑不安。正好在這個時候董卓向西進入潼關，于是袁紹就帶領隊伍回到了延津，因爲韓馥心裏非常害怕，就讓陳留人高幹、潁川人荀諶等人勸韓馥說：「公孫瓚乘勝向南來到這裏，而各郡都響應他的號召。袁紹率軍向東轉移，我們還不知道他的圖謀，我們認爲將軍你處于一個危險的環境中。」韓馥說：「我現在該怎麼辦呢？」荀諶說：「公孫瓚統領燕、代兩地的軍隊，他的鋒芒是任何人無法抵擋的。袁紹是當今世道的豪傑，當然不會甘心居于將軍你之下。而冀州，又是天下重要的郡，假如他們兩支強有力的軍隊都來攻擊您，交戰于城下，您的危險馬上就來了。袁紹是您認識多年的朋友了，又是您討伐董卓的同盟，現在，我們替您打算，將軍您不如把冀州割讓給袁紹。袁紹得到了冀州，公孫瓚就不能和他爭奪這個地方了，袁紹必然會深深地感激您。這樣，冀州到了您的親密的朋友手裏，而將軍您又得到了一個讓賢的美名，自己也會像泰山一樣穩定。希望將軍您不要再遲疑了！」韓馥向來膽小，因而覺得荀諶等人的計策很有道理。韓馥的長史耿武、別駕閔純、治中李歷勸阻他說：「冀州雖然地處偏僻，但是擁有百萬軍隊，糧食充足足以支持十年之需。袁軍已經是一支無人支持的窮途末路的軍隊，他們要依附于我們才能生存，就像懷中

《獻帝紀》曰：「沮授，廣平人，少有大志，多權略。」

的嬰兒在手上一樣，不給他喂奶，他就立刻會餓死。爲什麼要把冀州讓給袁紹呢？」韓馥說：「我，是袁紹的老部將，而且我的才能不如袁紹，權衡自己的才德後把位子讓給賢能的人，這是古人所推崇的美德，你們獨自憂慮什麼呢？」從事趙浮、程奐請求用武力抗擊袁紹，韓馥沒有聽他們的建議。于是，韓馥把自己的位子讓給了袁紹，袁紹便做了冀州牧。

原文

從事沮授說紹曰：「將軍弱冠登朝，則播名海內；值廢立之際，則忠義奮發；單騎出奔，則董卓懷怖；濟河而北，則勃海稽首①。振一郡之卒，撮冀州之衆②，威震河朔，名重天下。雖黃巾猾亂，黑山跋扈，舉軍東向，則青州可定；還討黑山，則張燕可滅；回衆北首③，則公孫必喪；震脅戎狄，則匈奴必從。橫大河之北，合四州之地，收英雄之才，擁百萬之衆，迎大駕于西京④，復宗廟于洛邑，號令天下，以討未復⑤，以此爭鋒，誰能敵之？比及數年，此功不難。」紹喜曰：「此吾心也。」即表授爲監軍、奮威將軍。卓遣執金吾胡母班、將作大匠吳脩齎詔書喻紹，紹

《漢末名士錄》曰：班字季皮，少輕財赴義，振濟人士。

使河內太守王匡殺之。卓聞紹得關東，乃悉誅紹宗族太傅隗等。當是時，豪俠多附紹，皆思爲之報，州郡蜂起，莫不假其名。馥懷懼，從紹索去，往依張邈。後紹遣使詣邈，有所計議，與邈耳語。馥在坐上，謂見圖構，無何起至溷自殺⑥。

注釋

①稽首：叩頭到地上。這是古代的一種跪拜的禮節，在這裏表示投降歸順的意思。②撮：掌控，掌握。③北首：頭朝向北面。④大駕：這裏指皇帝。⑤復：投降的意思。⑥無何：不久，形容時間短促。

譯文

從事沮授勸說袁紹道：「將軍您年輕的時候在朝廷做官，揚名海內外；在董卓打算廢掉少帝、立獻帝的時候，您則發揚忠義的精神；一個人跑出京城，使董卓感到非常害怕；當您渡過黃河向北而去以後，渤海內的所有豪傑都低頭向您跪拜。您統帥了渤海郡的軍隊，掌握了冀州的人馬，名聲威震河北，名聲揚于天下。雖然黃巾軍狡猾作亂，黑山蠻橫無禮，祇要將軍您率兵東征，青州的黃巾叛軍就可以被平定；回來再討伐黑山軍，就可以把張燕這支隊伍滅掉；您再率領隊伍掉轉頭向北前進，

那麼公孫瓚必死無疑；如果您以強大的威力震撼威脅戎狄，那麼匈奴必然會服從于您。橫掃黃河以北的地區，兼併四州的土地，聚集天下的英才，統領百萬大軍，然後在西京迎接皇帝的到來，在洛陽重建宗廟，向全天下發號施令，繼續討伐還沒有歸順朝廷的地方州郡，將軍您如果以這樣的力量來爭取強大獲取勝利，有誰能夠阻擋的了呢？等到幾年以後，建立這樣的功業並不困難。」袁紹聽了非常高興，說：「你的這些話正好符合我的心意。」于是，他就向皇帝推薦沮授任監軍、奮威將軍。董卓派遣執金吾胡母班、將作大匠吳脩帶着皇帝的命令勸說袁紹，袁紹指使河內太守王匡把這兩個特使殺了。董卓聽到袁紹占據了關東地區的消息後，就派人全部殺掉袁氏家族的太傅袁隗等人。這時，天下的豪傑俠客大多數都依附于袁紹，都想替他報這個家仇，州郡蜂擁而起，都假借他的名義。韓馥心裏非常害怕，于是就向袁紹請求離開，然後前往張邈的軍隊投靠他。後來有一次袁紹派遣使者到張邈那裏商議事情，使者和張邈附耳密語。韓馥當時在座位上看到了他們的這一舉動，以爲他們要謀害自己，過了一會兒就起身去廁所自盡了。

原文

初，天子之立非紹意，及在河東，紹遣潁川郭圖使焉。圖還說紹迎天子都鄴，紹不從。會太祖迎天子都許，收河南地，關中皆附。紹悔，欲令太祖徙天子都鄄城以自密近，太祖拒之。天子以紹爲太尉，轉爲大將軍，封鄴侯，紹讓侯不受。頃之，擊破瓚于易京，并其衆。出長子譚爲青州，沮授諫紹：「必爲禍始。」紹不聽，曰：「孤欲令諸兒各據一州也。」又以中子熙爲幽州①，甥高幹爲并州。衆數十萬，以審配、逢紀統軍事，田豐、荀諶、許攸爲謀主，顏良、文醜爲將率，簡精卒十萬②，騎萬匹，將攻許。

注釋　①中子：通常指第二個兒子。②簡：挑選，挑揀。

公孫瓚

公孫瓚，字伯珪，曾是袁紹的競爭對手之一。出身貴族。他貌美，聲音洪亮，機智善辯且作戰勇猛，威震邊疆。他靠自己的軍事才能以少勝多，殺死了劉虞，並挾持朝廷使者得到了總督北方四州的授權，分派刺史，成爲北方最強大的一路諸侯。

譯文

當初，立獻帝並不是袁紹的本意，等到了河東的時候，袁紹便派遣潁川人郭圖爲使者朝見漢獻帝。郭圖回來以後就勸說袁紹迎接獻帝建都鄴城，袁紹沒有采用這個建議。正趕上太祖迎接天子建都許昌，並且收復了河南各地，關中各地區全部歸附于太祖。袁紹非常後悔，就希望太祖把獻帝遷到鄄城，以便自己能夠密切地接近獻帝，太祖拒絕了袁紹的請求。獻帝任命袁紹爲太尉，不久又升爲大將軍，封爲鄴侯，袁紹不接受侯爵的封號。不久，袁紹在易京打敗了公孫瓚，而且吞併了他的隊伍。讓大兒子袁譚出任青州刺史，沮授勸阻袁紹說：「您這種做法必定是禍亂的開端。」袁紹不聽從他的告誡，說：「我要讓我的兒子們各自占據一個州郡。」他又讓他的第二個兒子袁熙出任幽州刺史，讓他的外甥高幹出任并州刺史。袁紹擁有幾十萬軍隊，設審配、逢紀主管軍隊的事務，田豐、荀諶、許攸爲他的主要謀士，顏良、文醜爲將軍，又挑選十萬名精鋭士兵，數萬匹戰馬，準備進攻許昌。

原文

先是，太祖遣劉備詣徐州拒袁術。術死，備殺刺史車冑，引軍屯沛。紹遣騎佐之。太祖遣劉岱、王忠擊之，不克。建安五年，太祖自東征備。田豐說紹襲太祖後，紹辭以子疾，不許，豐舉杖擊地曰：「夫遭難遇之機①，而以嬰兒之病失其會②，惜哉！」太祖至，擊破備；備奔紹。

注釋

①遭：指遇到。②會：機會，時機。

譯文

在此之前，太祖派劉備到徐州抵抗袁術。袁術死了以後，劉備除掉了徐州刺史車冑，自己率軍駐扎在沛縣。袁紹派遣人馬協助他。太祖派劉岱、王忠攻擊劉備，沒有取得勝利。建安五年，太祖親自東征，征討劉備。田豐勸說袁紹趁機偷襲太祖的後方，袁紹以兒子有病爲借口把這事推辭了，沒有采納他的建議。田豐舉起手杖敲打着地面說：「碰上一個難以遇到的機會，而因爲孩子的病失去了這個機會，眞是可惜啊！」太祖到了徐州，攻克了劉備的隊伍；劉備投奔了袁紹。

原文

紹進軍黎陽，遣顏良攻劉延于白馬。沮授又諫紹：「良性促狹，雖驍勇不可獨任。」紹不聽。太祖救延，與良戰，破斬良。紹渡河，壁延津南，使劉備、文醜挑戰。太祖擊破之，斬丑，再戰，禽紹大將。紹軍大震。太祖還官渡。沮授又曰：「北兵數衆而果勁不及南，南穀虛少而貨財不及北；南利在于急戰，北利在于緩搏。宜徐持久，曠以日月。」紹不從。

《魏氏春秋》曰：「古有矢石，于是造發石車。」

連營稍前①，逼官渡，合戰，太祖軍不利，復壁。紹爲高櫓，起土山，射營中，營中皆蒙楯，衆大懼。太祖乃爲發石車，擊紹樓，皆破，紹衆號曰霹靂車。紹爲地道，欲襲太祖營。太祖輒于内爲長塹以拒之②，又遣奇兵襲擊紹運車③，大破之，盡焚其穀。太祖與紹相持日久，百姓疲乏，多叛應紹，軍食乏。會紹遣淳于瓊等將兵萬餘人北迎運車，沮授說紹：「可遣將蔣奇別爲支軍于表④，以斷曹公之鈔⑤。」紹復不從。瓊宿烏巢，去紹軍四十里。太祖乃留曹洪守，自將步騎五千候夜潛往攻瓊。紹遣騎救之，敗走。破瓊等，悉斬之。太祖還，未至營，紹將高覽、張郃等率其衆降。紹衆大潰，紹與譚單騎退渡河。餘衆僞降，盡坑之。沮授不及紹渡，爲人所執，詣太祖，太祖厚待之。後謀還袁氏，見殺。

張璠《漢紀》云：「殺紹卒凡八萬人。」

注釋

①稍前：漸漸地向前推進。②塹：壕溝。③奇兵：進行突然襲擊的隊伍。④表：外圍。⑤鈔：通「抄」，掠奪，奪取。

文醜

文醜，河北名將，以勇猛著名。但也有人評論他有勇無謀。建安五年，袁紹渡河兵至延津，讓文醜與劉備挑戰，曹操以輜重就道餌敵，文醜兵亂，被操擊破而死。

譯文

袁紹率軍進攻黎陽，派遣顔良在白馬向劉延發起進攻。沮授又向袁紹勸說道：「顔良的性格非常孤僻、急躁，雖然非常勇猛，但是不可以獨自受此重任。」袁紹沒有聽取他的勸告。雙方開戰後，太祖率軍來援助劉延，和顔良展開了戰鬥，大破顔良的軍隊，並且殺掉了他。袁紹率軍渡過黃河，在延津南側設立壁壘，指使劉備、文醜挑起戰爭。太祖打敗了他們，殺了文醜，接着再戰，俘虜了袁紹的一名大將，袁軍大爲震驚。太祖率軍回到了官渡。這時，沮授又對袁紹說：「北方軍隊雖然人數衆多，但是不如南方軍隊果敢強勁，南方軍隊的糧食儲備以及物資財富趕不上北方軍隊；南方軍隊適合迅速作戰，北方軍隊適合持久作戰。我們應該打持久戰，拖延作戰的時間。」袁紹不聽從沮授的建議。把水上的軍營連接起來慢慢向前移動，逼近官渡，雙方展開了爭戰，太祖的軍隊出師不利，回到軍營堅守壁壘。袁紹在軍營內壘起高樓，把土堆積成山，向太祖的軍營射箭，太祖軍營中的官兵都舉着盾牌護住頭部，隊伍內大爲驚慌。于是，太祖便建造發石車，用來攻擊袁紹營中的高樓，把它們全部都摧毁了，袁軍把這種發石車稱作霹靂車。袁紹又挖地道，想暗中偷襲太祖的軍營。太祖就在營内挖了長長的深溝來抗擊袁軍，又派騎兵偷襲袁紹的運糧車，擊敗了他運糧的隊伍，把他的軍糧全部都燒光了。太祖和袁紹的軍隊相持的時間很長，百姓被折磨得非常疲勞困苦，大多數都背叛了太祖投靠了袁紹，軍糧也已經缺乏。正好在這個時候，袁紹派部將淳于瓊率領一萬餘名士兵往北出發迎接運糧車，沮授提醒袁紹説：「您應該派將軍蔣奇率軍在淳于瓊所帶隊伍的外圍保護，以防止曹公搶劫。」袁紹又沒有聽從他的告誡。淳于瓊率軍在烏巢宿營，離袁紹的軍營衹有四十里地。于是，太祖便讓曹洪留守軍營，親自帶領步兵、騎兵共五千餘人在夜間暗地裏前去偷襲淳于瓊。袁紹派遣騎兵前去救援，但是被打敗落逃。太祖打敗淳于瓊等人，將他們全部殺掉。太祖返回軍營，還沒等他走到營地，袁紹的部將高覽、張郃等率領他們的隊伍前來向太祖投降。袁紹的軍隊大大地潰散了，袁紹和袁譚單槍匹馬闖出重圍後渡過黃河。剩下的兵士假裝投降，被發現後都被活埋了。沮授沒來得及和袁紹一起渡過黃河，被人抓獲，押送去見太祖。太祖非常友好地款待了他。後來，沮授企圖逃回袁紹那裏，被太祖殺掉。

田豐

田豐，冀州鉅鹿人，博覽多識，權略甚奇，曾在朝中任侍御史，因不滿宦官專權，棄官歸家。袁紹起兵討伐董卓，應其邀請，出任別駕。袁紹用田豐謀略，消滅了公孫瓚，平定河北，虎據四州。

原文

初，紹之南也，田豐說紹曰：「曹公善用兵，變化無方，衆雖少，未可輕也，不如以久持之。將軍據山河之固，擁四州之衆，外結英雄，內修農戰①，然後簡其精銳，分爲奇兵，乘虛迭出②，以擾河南，救右則擊其左，救左則擊其右，使敵疲于奔命，民不得安業；我未勞而彼已困，不及二年，可坐克也。今釋廟勝之策，而決成敗于一戰，若不如志，悔無及也。」紹不從。豐懇諫，紹

《典論》曰：「譚長而惠，尚少而美。」

怒甚，以爲沮③衆，械繫之。紹軍既敗，或謂豐曰：「君必見重。」豐曰：「若軍有利，吾必全，今軍敗，吾其死矣。」紹還，謂左右曰：「吾不用田豐言，果爲所笑。」遂殺之。紹外寬雅④，有局度，憂喜不形于色⑤，而內多忌害⑥，皆此類也。

注釋 ①農戰：這裏指推廣農耕，加强防備。②迭：替换，輪流。③沮：破壞，敗壞。④寬雅：寬容嫻雅，形容人的品質非常好。⑤形：表現，流露。⑥忌害：猜疑陷害别人。

譯文 當初，袁紹率軍南下，田豐勸他說：「曹公善于用兵，兵術變化無常，軍隊雖少，不可以輕視，不如長久地與他相持。將軍您依據山河地理的險固，擁有四州的民衆，對外結交天下的英雄們，對內修治農耕，積極備戰，然後挑選精鋭的隊伍，分成幾支奇兵，趁對方空虛無人的時候不斷出擊，以此來騷擾黄河以南的地區，曹軍援助右邊我們就攻擊他們的左邊，救助左邊我們就進攻他們的右邊，使敵人來回奔波，疲勞至極，百姓不能安居樂業，我軍沒有感到疲勞而敵軍已經疲乏困倦了，不出兩年的時間，我們就可以坐取勝利。現在放棄坐在廟堂就可以取勝的策略，而是把成功與否放在一場會戰上，如果我們不能如願取得勝利，後悔就來不及了。」袁紹不采納田豐的建議，田豐誠懇地進諫，袁紹非常生氣，認爲這些話挫傷了士氣，就給他帶上刑具，把他關進了監牢。袁紹的軍隊打了敗仗，有人對田豐說：「你肯定會受到重用。」田豐說：「如果我軍打了勝仗，我還能保全性命，現在我軍打了敗仗，我肯定會死的。」袁紹回到營中，對身邊的人說：「我沒有采納田豐的建議，果然被他笑話了。」于是就把田豐殺了。從外表看來，袁紹爲人寬厚文雅，非常有氣度，憂愁和喜悅都不在臉上表現出來，但是內心的猜疑和害人心卻很重，都是像處理田豐那樣對人。

袁譚袁尚爭冀州

袁尚爲袁紹的第三子。長相俊秀，爲人有勇力，因此得到了袁紹的寵愛。袁紹死後，與兄長袁譚爭位。敗給曹操後，便投奔身爲幽州刺史的二哥袁熙。後二袁戰敗，投奔遼東公孫康，被康所殺，將頭送往許都。

原文 冀州城邑多叛，紹復擊定之。自軍敗後發病，七年，憂死。

紹愛少子尚，貌美，欲以爲後而未顯[1]。審配、逢紀與辛評、郭圖爭權，配、紀與尚比[2]，評、圖與譚比。衆以譚長，欲立之。配等恐譚立而評等爲己害，緣紹素意，乃奉尚代紹位。譚至，不得立，自號車騎將軍。由是譚、尚有隙。太祖北征譚、尚。譚軍黎陽，尚少與譚兵，而使逢紀從譚。譚求益兵，配等議不與。譚怒，殺紀。太祖渡河攻譚，譚告急于尚。尚欲分兵益譚，恐譚遂奪其衆，乃使審配守鄴，尚自將兵助譚，與太祖相拒于黎陽。自九月至二月，大戰城下，譚、尚敗退，入城守。太祖將圍之，乃夜遁。追至鄴，收其麥，拔陰安，引軍還許。太祖南征荆州，軍至西平。譚、尚遂舉兵相攻，譚敗奔平原。尚攻之急，譚遣辛毗詣太祖請救。太祖乃還救譚，十月至黎陽。尚聞太祖北，釋平原還鄴。其將呂曠、呂翔叛尚歸太祖，譚復陰刻將軍印假曠、翔。太祖知譚詐，與結婚以安之，乃引軍還。尚使審配、蘇由守鄴，復攻譚平原。太祖進軍將攻鄴，到洹水，去鄴

五十里，由欲爲內應，謀泄，與配戰城中，敗，出奔太祖。太祖遂進攻之，爲地道，配亦于內作塹以當之。配將馮禮開突門，內太祖兵三百餘人，配覺之，從城上以大石擊突中柵門，柵門閉，入者皆沒。太祖遂圍之，爲塹，週四十里，初令淺，示若可越。配望而笑之，不出爭利。太祖一夜掘之，廣深二丈，決漳水以灌之，自五月至八月，城中餓死者過半。尚聞鄴急，將兵萬餘人還救之，依西山來，東至陽平亭，去鄴十七里，臨滏水，舉火以示城中，城中亦舉火相應。配出兵城北，欲與尚對決圍。太祖逆擊之，敗還，尚亦破走，依曲漳爲營，太祖遂圍之。未合，尚懼，遣陰夔、陳琳乞降，不聽。尚還走濫口，進復圍之急，其將馬延等臨陳降，衆大潰，尚奔中山。盡收其輜重，得尚印綬、節鉞及衣物，以示其家，城中崩沮[3]。配兄子榮守東門，夜開門內太祖兵，與配戰城中，生禽配。配聲氣壯烈，終無撓辭[4]，見者莫不嘆息。遂斬之。高幹以并州降，復以幹爲刺。

決水灌城

【注釋】①後：指嗣子，即爵位或者職位的繼承人。②比：親近。這裏指關係密切。③崩沮：這裏指崩潰瓦解。④撓辭：這裏指表示屈從的言辭。

【譯文】冀州一些地方的軍隊大多數背叛了袁紹，袁紹派兵重新平定了這些地方。袁紹自從被曹軍打敗之後就生了病，在建安七年（公元二〇二年），憂鬱憤怒而死。

袁紹非常喜歡他的小兒子袁尚，袁尚長得非常俊美，袁紹想讓他做自己的繼承人，但是沒有公開的宣布。當時，審配、逢紀和辛評、郭圖互相爭權奪利，審配、逢紀與袁尚相互勾結在一起，辛評、郭圖與袁譚勾結在一起。衆人因爲袁譚是袁紹的大兒子，想擁立他做袁紹的繼承人。審配等人害怕袁譚被擁立起來之後辛評等人會謀害自己，便按照袁紹原來的想法，擁護袁尚繼承了袁紹的位置。袁譚便去了冀州，因爲不能夠成爲繼承人，便自稱爲車騎將軍，從此，袁尚和袁譚之間就產生了矛盾。太祖率軍北上討伐袁譚和袁尚。當時，袁譚率軍駐扎在黎陽，袁尚給他的兵力很少，而且讓逢紀跟隨着袁譚。袁譚向袁尚請求增加兵力，審配等人商議不給他兵力。袁譚一怒之下殺了逢紀。太祖率軍渡過黃河進攻袁譚的隊伍，袁譚向袁尚告急，袁尚打算派一部分隊伍去援助袁譚，但是又害怕袁譚趁機吞併了他的隊伍，就命令審配留守鄴城，自己親自率軍來支援袁譚，與太祖在黎陽交戰。從頭年九月到第二年二月，雙方在城下展開了激戰，袁譚、袁尚敗退下來，退到城裏堅守黎陽。太祖準備從外面把他們包圍起來，但是袁譚、袁尚夜間趁機逃跑了。太祖把他們追到鄴城，割了那裏百姓的麥子，攻占了陰安，然後又率領軍隊回到了許昌。太祖繼續向南征討荆州，軍隊攻到了西平。袁譚、袁尚出兵互相攻擊，袁譚戰敗跑到了平原。袁尚的進攻很猛烈，袁譚便派辛毗到太祖那裏請求援助。太祖便掉轉軍隊援助袁譚，十月到了黎陽。袁尚聽說太祖揮軍北上，馬上把對平原的包圍撤掉退回到了鄴城。他的部將呂曠、呂翔背叛了他投降了太祖，袁譚又暗地裏刻了將軍的印章送給了呂曠、呂翔。太祖知道袁譚非常陰險狡詐，就讓自己的兒子娶了袁譚的女兒，以安袁譚的心，于是，太祖就率軍回去了。袁尙命令審配、蘇由留守鄴城，自己率軍再次向固守平原的袁譚發起進攻。太祖率軍準備攻打鄴城，到達洹水的時候，離鄴城還有五十里遠，蘇由準備在城中作爲內應，與太祖裏應外合，陰謀被泄露，蘇由與審配在城中發生了爭鬥，戰敗，從城裏逃出來投奔太祖。于是太祖進攻鄴城，挖地道，審配也在城裏挖了壕溝進行抵抗。審配的部將馮禮把突門打開，把太祖的三百多名將士放進城裏，審配發現後，從城牆上用大石塊襲擊突門中的柵門，柵門便被關閉了。進入突門的曹軍都被砸死。太祖便包圍了鄴城，在四周挖壕溝，長四十餘里，剛開始的時候挖得非常淺，表明可以通過。審配在城上看到以後覺得好笑，沒有出兵爭奪有利的戰機。太祖在一夜之間，挖了一條寬度和深度都有兩丈的壕溝，又決開漳水使其流進溝裏，從那年的五月到八月，城中餓死了一半以上的人。袁尙聽說鄴城的情況非常緊急，就帶了一萬多名士兵前來援救，他們沿着西山奔來，往東一直走到陽平亭，這裏離鄴城有十七里遠，靠近滏水的時候，就燃起大火向城中的人暗示援兵已經來到，城中的人也燃起火與他們相呼應。審配率軍開北門出城，想與袁尙內外呼應衝破曹軍的包圍。太祖率軍迎戰，審配敗回城內，袁尙也敗走，沿着曲漳扎營，太祖便率軍包圍了他。還沒有完全包圍起來，袁尙深感恐懼，派陰夔、陳琳到太祖那裏要求投降，太祖沒有答應。袁尙往回逃到濫口，太祖又進軍把他包圍了起來，情況更加緊急，袁尙的部將馬延等臨陣投降，軍隊立即潰散，袁尙逃到了中山。太祖繳獲了他全部的軍需物品，得到了袁尙的印綬、符節、斧鉞以及衣物，把這些衣物拿給他的將士看，守軍的士氣頓時瓦解。審配哥哥的兒子審榮留守東門，夜間打開東門把太祖的軍隊放了進來，太祖的軍隊與審配的軍隊在城中展開激戰，審配被活捉，審配慷慨壯烈，始終沒有說一句求饒的話，在場的人沒有不爲他嘆息的。太祖殺掉了他。高幹獻出并州向太祖投降，太祖仍然任命他爲并州刺史。

【原文】太祖之圍鄴也，譚略取甘陵①、安平、勃海、河間，攻尙于中山。尙走故安從熙，譚悉收其衆。太祖將討之，譚乃拔平原，并南皮，自屯龍湊。十二月，太祖軍其門，譚不出，夜遁奔南皮，臨淸河而屯。十年正月，攻拔之，斬譚及圖等。熙、尙爲其將焦觸、張南所攻，奔遼西烏丸。觸自號幽州刺史，驅率諸郡太守令長，背袁向曹，陳兵數萬，殺白馬盟，令曰：「違命者斬！」衆莫敢語，各以次歃。至別駕韓珩，曰：「吾受袁公

《典略》曰：「上洛都尉王琰獲高幹，以功封侯。」

父子厚恩，今其破亡，智不能救，勇不能死，于義闕矣；若乃北面于曹氏②，所弗能爲也。」一坐爲珩失色。觸曰：「夫興大事，當立大義，事之濟否，不待一人，可卒珩志③，以勵事君。」高幹叛，執上黨太守，舉兵守壺口關。遣樂進、李典擊之，未拔。十一年，太祖征幹。幹乃留其將夏昭、鄧升守城，自詣匈奴單于求救，不得，獨與數騎亡，欲南奔荆州，上洛都尉捕斬之。十二年，太祖至遼西擊烏丸。尚、熙與烏丸逆軍戰，敗走奔遼東，公孫康誘斬之，送其首。太祖高韓珩節，屢辟不至④，卒于家。

注釋 ①略取：强行取得。②北面：這裏指稱臣。古時臣子拜見帝王時面向北，所以把向人稱臣稱爲北面。③卒：完成，結束。④辟：徵召，起用。

譯文 太祖包圍鄴城時，袁譚占領了甘陵、安平、渤海、河間，向駐守中山的袁尚發動進攻。袁尚敗退到故安投靠袁熙，袁譚把他的軍隊全部收編。太祖準備征討袁譚，袁譚占領了平原，並且吞併了南皮，自己則駐守在龍湊。十二月，太祖的軍隊到達他的門口，袁譚不敢出來迎戰，夜間逃到南皮，沿

着清河駐扎軍隊。建安十年（公元二〇五年）正月，太祖攻占了南皮，殺掉了袁譚和郭圖等人。袁熙、袁尚被他的部將焦觸、張南攻擊，逃跑到遼西郡烏丸。焦觸自封爲幽州刺史，威脅强迫各郡的太守、各縣的縣令、縣長等，背叛袁氏家族投奔了曹軍，他集合了幾萬人的隊伍，殺白馬結盟宣誓，並下令說：「違抗命令的殺頭！」大家都不敢說話，每個人都按照次序用馬血塗抹嘴唇。輪到别駕韓珩的時候，他說：「我受袁家父子的厚愛，現在袁家敗亡，憑我的智慧我不能救他們，也没有爲他們死的勇氣，從大義上來說我已經非常欠缺了；如果我投降曹軍，那是我做不到的。」滿座的人聽到韓珩的話後都驚恐變色。焦觸說：「凡是幹大事的人，應當建立大義，事情是否成功並不能靠一個人，我可以成全韓珩的心願，以勉勵侍奉先主的人。」高幹發動叛亂，拘留了上黨太守，發兵守護壺口關。太祖派樂進、李典偷襲他，没有攻破壺口關。建安十一年（公元二〇六年），太祖征伐高幹。高幹便留他的部將夏昭、鄧升守城，自己跑到匈奴單于那裏求救，没有得到援助，高幹獨自與幾名騎兵逃走，想向南奔到荆州，上洛都尉把他們抓住殺掉了。十二年（公元二〇七年），太祖到達遼西攻擊烏丸。袁尚、袁熙率軍與烏丸的軍隊聯合迎擊曹軍，戰敗逃到了遼東，公孫康把他們誘殺了，把他們的頭獻給了太祖，太祖贊賞韓

臣松之案《英雄記》：「陳溫，字元悌，汝南人。先爲揚州刺史，自病死。」

珩的氣節，屢次召他做官都不願意，最後死在家裏。

原文

袁術字公路，司空逢子，紹之從弟也。以俠氣聞。舉孝廉①，除郎中②，歷職內外，後爲折衝校尉、虎賁中郎將。董卓之將廢帝，以術爲後將軍；術亦畏卓之禍，出奔南陽。會長沙太守孫堅殺南陽太守張咨，術得據其郡。南陽戶口數百萬，而術奢淫肆欲，徵斂無度，百姓苦之。既與紹有隙，又與劉表不平而北連公孫瓚；紹與瓚不和而南連劉表。其兄弟攜貳③，捨近交遠如此。引軍入陳留。太祖與紹合擊，大破術軍。術以餘衆奔九江，殺揚州刺史陳溫，領其州。以張勛、橋蕤等爲大將軍。李傕入長安，欲結術爲援，以術爲左將軍，封陽翟侯，假節，遣太傅馬日磾因循行拜授④。術奪日磾節，拘留不遣。

《三輔決錄》注曰：「日字翁叔，馬融之族子。」

注釋

①舉：推薦，引薦。②除：任命的意思。③攜貳：親信的人背叛。④循行：指來回視察。

譯文

袁術字公路，是司空袁逢的兒子，袁紹的堂弟。以俠義氣度聞名天下，被授予郎中的頭銜，在朝廷內外歷任官職，後來任折衝校尉、虎賁中郎將。董卓準備廢掉少帝時，任命袁術爲後將軍；袁術也害怕董卓作亂，于是出走奔向南陽。恰好長沙太守孫堅殺了南陽太守張咨，袁術才得以占據南陽。南陽有幾百萬的戶口，而袁術窮奢極欲，荒淫無度，沒有節制地向百姓徵糧徵稅，百姓深受其苦。袁術既然同袁紹有怨，又同劉表不和而與北方的公孫瓚聯合；袁紹與公孫瓚不和而向南聯合劉表。他們兄弟之間不團結，有二心，捨近交遠竟然到了這樣的程度。袁術率軍北上進入陳留郡。太祖和袁紹聯合起來偷襲袁術，結果袁術大敗。袁術帶着剩下的士兵逃到九江，殺了揚州刺史陳溫，占領了揚州。任命張勛、橋蕤爲大將軍。李傕率軍進入長安後，想結交袁術作爲他的外援，就以獻帝的名義任命袁術爲左將軍，封爲陽翟侯，授予符節，又派太傅馬日磾借巡行視察的名義授予袁術官職。袁術奪走了馬日磾的符節，把他扣留不讓他回朝廷。

原文

時沛相下邳陳珪，故太尉球弟子也。術與珪俱公族子孫，少共交游，書與珪曰：「昔秦失其政，天下羣雄爭而取之，兼智勇者卒受其歸。今世事紛擾，復有瓦解之勢矣，誠英乂有爲之時也。與足下舊交①，豈肯左右之乎②？若集大事，子實爲吾心膂。」珪中子應時在下邳，術並脅質應③，圖必致珪。珪答書曰：「昔秦末世，肆暴恣情，虐流天下，毒被生民，下不堪命④，故遂土崩。今雖季世，未有亡秦苛暴之亂也。曹將軍神武應期，興復典刑，將撥平凶慝⑤，清定海內，信有征矣。以爲足下當戮力同心，匡翼⑥漢室，而陰謀不軌，以身試禍，豈不痛哉！若迷而知反，尚可以免。吾備舊知，故陳至情，雖逆于耳，骨肉之惠也。欲吾營私阿附，有犯死不能也。」

注釋

①足下：古時對人的一種尊稱。②左右：控制。讓別人向左就向左，向右就向右。③脅質：威脅作爲人質。④堪命：忍受命運的安排和擺布。⑤凶慝：凶惡，狠毒。⑥匡翼：輔佐，扶助。

譯文

當時沛相下邳人陳珪，是原太尉陳球的弟弟的兒子。袁術與陳珪都是公族子孫，年輕時一起交接來往，寫信對陳珪說：「以前秦朝政治腐敗，天下衆多英雄爭着想取代它，智勇兼備的人終于獲得成功。當今世上非常混亂，出現了瓦解的勢態，這正是英雄豪傑大有作爲的時候。我與你是老交情，怎麼會隨意就控制你呢？如果聚衆做大事，你實在是我的心腹和依靠的對象。」陳珪的二兒子陳應當時正在下邳，袁術劫持他作爲人質，希望陳珪務必來投靠他。陳珪回信說：「以前秦朝末期，任性殘暴，胡作非爲，虐政流遍天下，毒害人們，下面的人無法活命，所以政權就土崩瓦解了。今日雖然是衰微的世道，但是並不如秦亡時那樣苛刻、暴虐。曹將軍神明英武，順應形勢，恢復國家的典章制度，就要派兵清除各地的軍閥，平定國家的動亂，這確實是非常清楚的了。我始終以爲你能同心協力，協助漢室，沒想到你竟然暗中另有陰謀，自找災禍，怎麼不讓人心痛呢！如果迷了路但是能知道返回

的話，還可以免除災禍。我作爲你一個老朋友，所以表達我最眞摯的建議，雖然不好聽，但確實是骨肉之間才有的感情。要讓我爲了私人的利益來投靠你，我死也不能這樣做。」

《典略》曰：「術以袁姓出陳，陳，舜之後，以土承火，得應運之次。」

原文

興平二年冬，天子敗于曹陽。術會羣下謂曰：「今劉氏微弱，海內鼎沸。吾家四世公輔，百姓所歸，欲應天順民，于諸君意如何？」衆莫敢對。主簿閻象進曰：「昔周自后稷至于文王，積德累功，三分天下有其二，猶服事殷。明公雖奕世克昌①，未若有周之盛②，漢室雖微，未若殷紂之暴也。」術嘿然不悅。用河內張炯之符命，遂僭號以九江太守爲淮南尹。置公卿，祠南北郊。荒侈滋甚，後宮數百皆服綺縠，餘粱肉，而士卒凍餒③，江淮間空盡，人民相食。術前爲呂布所破，後爲太祖所敗，奔其部曲雷薄、陳蘭于灊山，復爲所拒，憂懼不知所出。將歸帝號于紹，欲至青州從袁譚，發病道死。妻子依術故吏盧江太守劉勛，孫策破勛，復見收視。術女入孫權宮，子耀拜郎中，耀女又配于權子奮。

注釋

①明公：古時對有地位的人的尊稱，這裏指袁術。②有周：西周。有，是一個詞頭，加在朝代名稱的前面，沒有實際意義。③凍餒：忍凍挨餓。

譯文

興平二年（公元一九五年）冬天，漢獻帝在曹陽戰敗，袁術召集部下說：「現在劉氏政權已經衰敗微弱，國內就像一鍋燒開了的水。我家四代做公卿輔佐皇室，爲百姓所擁護，要想順應天意民心，不知道各位有什麼意見？」衆人沒有敢答話的。主簿閻象進言說：「以前西周從后稷到文王，積累了很多恩德功勛，擁有全國三分之二的土地，但是仍然作爲服侍殷朝的臣子。您家雖然數代都很興旺發達，也不如周王朝這麼強盛，漢室雖然非常微弱，但是還不如商紂王那樣殘暴。」袁術沒有回應，很不高興。袁術後來用河內人張炯造的符命，自稱起了皇帝。任命九江太守爲淮南尹。下面設置公卿百官，在南北城郊祭祀天地。荒淫奢侈日益嚴重，後宮幾百人都穿着綾羅綢緞，有吃不盡的山珍海味，但是士兵們卻飢寒交迫，江淮之間的財物都耗盡，人民互相吞食。袁術最先被呂布打敗，後來又被太祖打敗，到灊山投奔他的部將雷薄、陳蘭，又被他們拒絕，他非常憂慮害怕，不知道怎麼辦。他準備把皇帝的尊號送給袁紹，想到青州投靠袁譚，得病死在路上。妻子兒女都投靠了袁術的老部下廬江太守劉勳。孫策打敗劉勳後，又被孫策收留。袁術的女兒入了孫權的宮中，兒子袁耀被任命爲郎中，袁耀的女兒又嫁給了孫權的兒子孫奮。

張璠《漢紀》曰：「表與同郡人張隱、劉祇、田林等爲八交，或謂之八顧。」

原文

劉表字景升，山陽高平人也。少知名，號八俊。長八尺餘，姿貌甚偉。以大將軍掾爲北軍中候。靈帝崩，代王叡爲荊州刺史。是時山東兵起，表亦合兵軍襄陽。袁術之在南陽也，與孫堅合從，欲襲奪表州，使堅攻表。堅爲流矢所中死①，軍敗，術遂不能勝表。李傕、郭汜入長安，欲連表爲援，乃以表爲鎮南將軍、荊州牧，封成武侯，假節。天子都許，

孫堅隕命

表雖遣使貢獻，然北與袁紹相結。治中鄧羲諫表，表不聽，羲辭疾而退，終表之世。張濟引兵入荊州界，攻穰城，爲流矢所中死。荊州官屬皆賀，表曰：「濟以窮來，主人無禮，至于交鋒，此非牧意，牧受弔，不受賀也。」使人納其衆；衆聞之喜，遂服從。長沙太守張羨叛表，表圍之連年不下。羨病死，長沙復立其子懌，表遂攻併懌，南收零、桂，北據漢川，地方數千里，帶甲十餘萬②。

注釋

①流矢：指沒有明確目標的亂箭。②帶甲：指身披盔甲的將士，在這指軍隊。

譯文

劉表字景升，山陽高平人。年輕時很有名，號稱

八俊。身高八尺多，姿態容貌非常偉岸。以大將軍的屬官擔任北軍中候。靈帝死後，他代替王睿擔任荊州刺史。這時崤山以東的地方起兵，劉表也集合隊伍駐扎在襄陽。袁術在南陽時，曾經和孫堅聯合，想偷襲奪取劉表的州郡，讓孫堅攻擊劉表。孫堅中流箭而死，軍隊大敗，袁術就因爲這不能戰勝劉表。李傕、郭汜進入長安後，想聯合劉表作爲他們的外援，于是任命劉表爲鎮南將軍、荊州牧，封爲成武侯，授予符節。天子在許昌建都，劉表雖然派使者進獻了貢品，但是在北面卻與袁紹互相勾結。治中鄧羲勸劉表不要這樣做，劉表不聽，鄧羲借口生病辭掉官職離去，直到劉表死掉。張濟率軍進入荊州界內，進攻穰城，激戰中被流箭射中死亡。荊州的官員都來向劉表道賀，劉表說：「張濟窮困潦倒而來，主人卻沒有依照禮節來迎接他，以至于互相爭戰，這不是我的本意，我衹接受悼念，不接受祝賀。」劉表派人安撫張濟的隊伍，士兵們聽了都很高興，就服從了劉表。長沙太守張羨背叛了劉表，劉表把他包圍起來連續好幾年攻不下來。張羨病死，長沙人又擁立他的兒子張懌，劉表便攻占了長沙吞并了張懌的隊伍，向南收復零陵、桂陽二郡，向北占據了漢川，地方幾千里，有十幾萬軍隊。

原文

太祖與袁紹方相持于官渡，紹遣人求助，表許之而不至，亦不佐太祖，欲保江漢間①，觀天下變。從事中郎韓嵩、別駕劉先說表曰：「豪傑並爭，兩雄相持，天下之重，在于將軍。將軍若欲有爲，起乘其弊可也②；若不然，固將擇所從。將軍擁十萬之衆，安坐而觀望。夫見賢而不能助，請和而不得，此兩怨必集于將軍，將軍不得中立矣。夫以曹公之明哲，天下賢俊皆歸之，其勢必舉袁紹③，然後稱兵以向江漢④，恐將軍不能禦也。故爲將軍計者，不若舉州以附曹公，曹公必重德將軍；長享福祚，垂之後嗣⑤，此萬全之策也。」表大將蒯越亦勸表，表狐疑，乃遣嵩詣太祖以觀虛實。嵩還，深陳太祖威德，說表遣子入質。表疑嵩反爲太祖說，大怒，欲殺嵩，考殺隨嵩行者，知嵩無他意，乃止。表雖外貌儒雅⑥，而心多疑忌，皆此類也。

《漢晉春秋》曰：「太祖之始征柳城，劉備說表使襲許，表不從。」

注釋

①江漢間：這裏指荊州，因爲其境內有江水和漢水。②弊：疲憊，疲困。③舉：攻下，攻克。④稱兵：發兵，舉兵。⑤垂：流傳。⑥儒雅：文雅，形容人的外表斯文出衆。

譯文

太祖和袁紹在官渡對峙，袁紹派人向劉表請求幫助，劉表答應了他的請求卻不派兵去，也不幫助太祖，想保住他在江、漢之間的地盤，坐觀天下的變化。從事中郎韓嵩、別駕劉先勸劉表說：「現在天下的豪傑相互爭奪地盤，袁紹與曹操兩雄相持不下，天下的重心在于將軍您。將軍如果想有所作爲，便可以趁他們兩敗俱傷的時候興起；如果不這樣做的話，就應該選擇站在哪一邊。將軍擁有十萬士兵，卻安然坐着觀察他們的成敗。遇上有才能的人不能幫助他，也不可能勸和，這樣一來，兩家必然把怨恨集中在將軍您身上，將軍想要保持中立的態度是不可能的。憑借曹公的才能，天下的賢士俊傑都會歸附于他，他肯定會消滅袁紹。然後發兵向江漢進攻，恐怕將軍抵抗不了他的進攻。所以我替將軍着想，不如率領荆州的百姓歸附于曹公，曹公肯定非常感激將軍，那麽將軍就可以長久地享受福祿，還可以傳給子孫後代，這是萬全的計策。」劉表的部將蒯越也勸他這樣做，劉表猶豫不決，就派韓嵩到太祖那裏觀察虛實動靜。韓嵩回來後，非常稱贊太祖的威武恩德，並且勸劉表派其大兒子去太祖那裏做人質。劉表懷疑韓嵩反過來替太祖說話，非常生氣，要殺掉韓嵩，將韓嵩的隨從拷打致死，後來知道韓嵩沒有二心之後才不追究。劉表雖然從外表看起來很儒雅，但內心卻有很多猜疑和忌諱，都像上面所說的這種情況一樣。

原文

劉備奔表，表厚待之，然不能用。建安十三年，太祖征表，未至，表病死。

初，表及妻愛少子琮，欲以爲後，而蔡瑁、張允爲之支黨①，乃出長子琦爲江夏太守，衆遂奉琮爲嗣。琦與琮遂爲仇隙。越、嵩及東曹掾傅巽等說琮歸太祖，琮曰：「今與諸君據全楚之地，守先君之業②，以觀天下，何爲不可乎？」巽對曰：「逆順有大體③，强弱有定勢。以人臣而拒人主，逆也；以新造之楚而禦國家，其勢弗當也；以劉備而敵曹公，又弗當也。三者皆短，欲以抗王兵之鋒，必亡之道也。將軍自料何與劉備？」琮曰：「吾不若也④。」巽曰：「誠以劉備不足禦曹公乎，則雖保楚之地，不足以自存也；誠以劉備足禦曹公乎，則備不爲將軍下也。願將軍勿疑。」太祖軍到襄陽，琮舉州降。備走奔夏口。

①《典略》曰：「表疾病，琦還省疾。瑁、允遂遏于户外，使不得見，琦流涕而去。」

玄德荆州依劉表

建安六年（公元二〇一年），劉備投奔到劉表門下，劉表很厚待他，但是却不能重用他。建安十三年（公元二〇八年），太祖征伐劉表，還沒有到達，劉表就病死了。此後，劉表的兒子劉琮率領荆州的全部百姓投降。劉備祇得逃到夏口。

注釋 ①支黨：黨羽，同伙。②先君：指死去的父親，這裏指劉表。③體：綱領，要義。④若：比得上，如。

譯文 劉備投奔到劉表門下，劉表很厚待他，但是不能重用他。建安十三年，太祖征伐劉表，還沒有到達，劉表就病死了。

當初的時候，劉表和妻子都喜歡小兒子劉琮，想讓他做繼承人，而蔡瑁、張允是劉琮的黨羽，于是他把大兒子劉琦派出去做江夏太守，衆人便擁立劉琮做了劉表的繼承人。劉琦和劉琮之間便成了仇敵。蒯越、韓嵩和東曹掾傅巽等人勸說劉琮歸附于太祖，劉琮說：「現在，我和大家共同占據了整個楚地，守衛先父遺留下來的基業，據此觀察天下的變化，有什麼不好嗎？」傅巽說：「叛逆和歸順都有一定的道理，強大和羸弱

都有一定的形勢。我們處于臣屬的地位而抗拒君主，這是背叛；以新開辟的土地和朝廷對抗，從形勢上看我們不是朝廷的對手；用劉備去抵抗曹公，也不是他的對手。對于這三者，我們都處于劣勢，想抵抗朝廷軍隊的鋒芒，這是必然滅亡的道路。將軍自己衡量一下自己比劉備怎麼樣？」劉琮說：「我比不上劉備。」傅巽說：「你真的認爲劉備抵抗不了曹軍，那麼我們雖然保住了楚地，還是不能保存自己；你真的認爲劉備的確能抵抗曹公呢，那麼劉備也不會屈居在將軍的名下了。我希望將軍不要再懷疑。」太祖的軍隊到達襄陽後，劉琮率領荆州的全部百姓投降。劉備逃到夏口。

原文 **太祖以琮爲青州刺史、封列侯。蒯越等侯者十五人①。越爲光祿勛；嵩，大鴻臚；羲，侍中；先，尚書令；其餘多至大官。**

評曰：董卓狼戾賊忍②，暴虐不仁，自書契已來③，殆未之有也④。袁術奢淫放肆，榮不終己，自取之也。袁紹、劉表，咸有威容、器觀，知名當世。表跨蹈漢南⑤，紹鷹揚河朔，然皆外寬內忌，好謀無決，有才而不能用，聞善而不能納，廢嫡立庶，捨禮崇愛⑥，至于後嗣顛蹶⑦，社稷傾

《英雄記》曰：「世有卓而大亂作，大亂作而卓身滅，抑有以也。」

臣松之以爲董卓自竊權柄，至于隕斃，未盈三周，而禍崇山嶽，毒流四海。

覆，非不幸也。昔項羽背范增之謀，以喪其王業；紹之殺田豐，乃甚于羽遠矣！

注釋 ①侯者：這裏指被封侯的人。②狼戾賊忍：比喻人的行爲像狼一樣凶狠，像賊一樣殘忍。③書契：這裏指文字。契是刻的意思，紙沒有出現的時候，將文字刻在竹簡上。④殆：或許，恐怕。表示猜測。⑤跨蹈：占據，占有。⑥禮：這裏指封建道德規範和準則。⑦顛蹶：衰敗，困窘。

譯文 太祖任命劉琮爲青州刺史，封爲列侯。與蒯越等人一起封侯的共有十五人。蒯越任光祿勛；韓嵩任大鴻臚；鄧羲任侍中；劉先任尚書令；其餘的人大多也作了大官。

評論說：董卓就像豺狼虎豹一樣凶暴殘忍，暴虐且不仁愛，自從有書籍記載的歷史以來，大概還沒有這樣的記載。袁術荒淫奢侈、放蕩無度，不能享受終身的榮祿，這是他自己找的。袁紹、劉表都長得儀表出衆、氣宇非凡，聞名于世上。劉表稱雄江漢之間，袁紹在河北逞威，但是他們都是外表寬厚而內心多猜忌的人，喜歡談論計謀但是不能作決定，有人才而不能任用，聽到良言而不采納，廢掉長子而立幼子，違背禮儀而寵信自己喜歡的人，以至于子孫後代沒有地方可去，喪失了祖宗的基業，這並不是命運不幸的原因。當年項羽不采納范增的謀略，喪失了西楚霸王的基業；袁紹殺掉田豐，比項羽更昏庸。

《英雄記》曰：「原字建陽。本出自寒家，爲人粗略，有武勇，善騎射。」

呂布張邈臧洪傳

原文 呂布字奉先，五原郡九原人也。以驍武給并州①。刺史丁原爲騎都尉，屯河內，以布爲主簿，大見親待。靈帝崩，原將兵詣洛陽。與何進謀誅諸黃門②，拜執金吾。進敗，董卓入京都，將爲亂，欲殺原，併其兵衆。卓以布見信于原，誘布令殺原。布斬原首詣卓，卓以布爲騎都尉，甚愛信之，誓爲父子。

注釋 ①驍武：勇猛强健。②黃門：這裏指宦官。漢代供職內廷的黃門令、中黃門、小黃門等都是由宦官充任的。

《詩》曰：「無拳無勇，職爲亂階。」

呂布

呂布，字奉先，五原郡九原人，漢末羣雄之一。他擅長騎射，膂力過人，號爲飛將，聞名于并州；先後跟隨丁原、董卓作戰，並最終殺死了丁原和董卓。成爲獨立勢力後，呂布與曹操爲敵，最終不敵曹操和劉備的聯軍，兵敗人亡。

譯文 呂布字奉先，五原郡九原縣人，因爲驍勇有武藝在并州當差。此時丁原做了騎都尉後，在河內駐兵，任命呂布爲主簿，非常受丁原寵信和厚待。靈帝死了以後，丁原帶兵到達洛陽。與何進謀劃殺掉宮裏的宦官，被任命爲執金吾。何進失敗，董卓進入京城，準備製造叛亂，想殺掉丁原，吞併他的隊伍，董卓因爲知道呂布深受丁原的信任，誘使呂布讓他殺掉丁原。呂布砍下丁原的頭顱去見董卓，董卓任命呂布爲騎都尉，非常寵愛信任他，兩人發誓做父子。

原文 布便弓馬，膂力過人，號爲飛將。稍遷至中郎將，封都亭侯。卓自以遇人無禮①，恐人謀己，行止常以布自衛②。然卓性剛而褊③，忿不思難，嘗小失意，拔手戟

擲布。布拳捷避之④，爲卓顧謝⑤，卓意亦解。由是陰怨卓。卓常使布守中閤，布與卓侍婢私通⑥，恐事發覺，心不自安。

注釋 ①遇人無禮：待人沒有禮貌。遇，對待。②行止：意思是無論在什麼地方。③褊：心胸狹隘。④拳捷：有力量而又動作敏捷。⑤顧謝：道歉請罪。⑥私通：秘密的相好，指不正當的男女關係。

譯文 呂布善于射箭騎馬，勇氣和力量超過一般的人，號稱飛將。他在軍中慢慢升至中郎將，封爲都亭侯。董卓知道自己對人刻薄，沒有恩情，怕別人謀害自己，行走休息都叫呂布保護自己。然而董卓性情剛烈而心胸狹窄，生氣的時候不考慮後果，呂布曾經犯過一個小小的過失，董卓拔出手戟就投向呂布。呂布用盡全力快速地躲開，然後心態平和地向董卓賠禮道歉，董卓的怒氣也就消除了。呂布由此就暗恨董卓。董卓經常讓呂布守衛內室，呂布和董卓身邊的婢女私通，他恐怕事情被發現，所以內心不安。

原文 先是，司徒王允以布州里壯健，厚接納之①。後布詣允，陳卓幾

《英雄記》曰：「布以矛刺中汜，汜後騎遂前救汜，汜、布遂各兩罷。」

臣松之案《英雄記》曰：「諸書，布以四月二十三日殺卓，時又無閏，不及六旬。」

設計殺董卓

見殺狀。時允與僕射士孫瑞密謀誅卓，是以告布使爲內應。布曰：「柰如父子何！」允曰：「君自姓呂，本非骨肉。今憂死不暇，何謂父子？」布遂許之，手刃刺卓。語在卓傳。允以布爲奮武將軍，假節，儀比三司②，進封溫侯，共秉朝政。布自殺卓後，畏惡涼州人，涼州人皆怨。由是李傕等遂相結還攻長安城。布不能拒，傕等遂入長安。卓死後六旬，布亦敗。將數百騎出武關，欲詣袁術。

注釋 ①接納：結交，結識。②儀：根據制度所受到的禮遇，所使用的儀仗等等。

譯文 在此之前，司徒王允因爲呂布是州里的健壯人士，

對他非常好。後來呂布到王允那裏去，告訴他自己幾乎被董卓殺死的情況，當時王允與僕射士孫瑞秘密謀劃要殺掉董卓，因此要呂布做內應。呂布說：「我們的父子名分怎麼辦啊！」王允說：「你本姓呂，並不是親生骨肉，現在擔心自己的性命還來不及呢，還說什麼父子？」呂布就答應了，親手殺了董卓。這件事被記載在《董卓傳》裏。王允任命呂布爲奮武將軍，授予符節，儀節與三司相同，封爲溫侯，共同把持朝政。呂布自從把董卓殺掉後，害怕並厭惡涼州人，涼州人也都很怨恨他。于是，李傕等人便互相勾結率軍攻打長安城。呂布抵抗不了，李傕等人便進駐長安。董卓死後六十天，呂布也戰敗了。帶了幾百名騎兵逃出了武關，想去投靠袁術。

原文 布自以殺卓爲術報仇，欲以德之①。術惡其反覆，拒而不受。北詣袁紹，紹與布擊張燕于常山。燕精兵萬餘，騎數千。布有良馬曰赤兔。

《曹瞞傳》曰：「時人語曰：『人中有呂布，馬中有赤兔。』」

常與其親近成廉、魏越等陷鋒突陳，遂破燕軍。而求益兵衆②，將士鈔掠，紹患忌之。布覺其意，從紹求去。紹恐還爲己害，遣壯士夜掩殺布，不獲。事露，布走河內，與張楊合。紹令衆追之，皆畏布，莫敢逼近者。

注釋 ①德：感謝，報答。這裏用作動詞。②益：增加，增多。

譯文 呂布自以爲殺了董卓是替袁術報了仇，所以想要袁術報答他，袁術則恨呂布反復無常，不願意接納他。他就往北投靠袁紹，袁紹與他在常山襲擊張燕。張燕有一萬多名精兵，幾千匹戰馬。呂布有一匹好馬名爲赤兔。他經常和他的親信成廉、魏越一起衝鋒陷陣，終于打敗了張燕的隊伍。于是呂布要求擴充隊伍，但是他的士兵卻燒殺搶掠，袁紹非常擔心。呂布發覺了袁紹的心思，就去他那裏要求離開。袁紹怕他以後會成爲自己的強敵，就派壯士連夜刺殺呂布，但是沒有成功。事情敗露後，呂布逃到河內，和張楊聯合起來。袁紹派兵追殺他，追他的士兵都怕呂布，沒有人敢靠近他。

原文 張邈字孟卓，東平壽張人也。少以俠聞，振窮救急①，傾家無愛②，士多歸之。太祖、袁紹皆與邈友。辟公府，以高第拜騎都尉③，遷陳留太守。董卓之亂，太祖與邈首舉義兵。汴水之戰，邈遣衛茲將兵隨太祖。袁紹既爲盟主，有驕矜色④，邈正議責紹。紹使太祖殺邈，太祖不聽，責紹曰：「孟卓，親友也，是非當容之。今天下未定，不宜自相危也。」邈知

之，益德太祖。太祖之征陶謙，敕家曰：「我若不還，往依孟卓。」後還，見邈，垂泣相對。其親如此。

注釋 ①振窮：救濟窮人。振，救濟。②愛：吝惜，吝嗇。③高第：考試成績被列入優等。④驕矜：驕傲自大。

譯文 張邈字孟卓，東平壽張縣人。年輕的時候以俠義聞名于天下，救濟貧窮救助危難，即使傾家蕩產也毫不吝嗇，士人大都歸附于他。太祖、袁紹都和他是朋友。曾經被徵召到朝廷，因爲業績好被封爲騎都尉的官職，升任陳留太守。董卓作亂，太祖和張邈首先發起義軍。與董卓在汴水交戰，張邈派遣自己的部將衛茲率兵追隨太祖。袁紹做了盟主之後，流露出驕傲的神情，張邈義正詞嚴地責備他，袁紹讓太祖殺掉張邈，太祖沒有聽從，責怪袁紹說：「孟卓是我們的親密朋友，即使有過錯也應該寬容他。現在天下還沒有平定下來，我們不應該自相殘殺。」張邈知道這件事後更加感激太祖。太祖征伐陶謙的時候，告訴家裏人：「我如果不能活着回來，你們就去投靠孟卓。」後來回來，見到張邈，兩人相對而哭。他們的關係密切到這樣的程度。

《英雄記》曰：「備見布語言無常，外然之而內不說。」

按本傳，邈詣術，未至而死。而此云諫稱尊號，未詳孰是。

原文

呂布之捨袁紹從張楊也，過邈臨別，把手共誓。紹聞之，大恨。邈畏太祖終爲紹擊己也，心不自安。興平元年，太祖復征謙，邈弟超，與太祖將陳宮、從事中郎許汜、王楷共謀叛太祖。宮說邈曰：「今雄傑並起，天下分崩①，君以千里之衆，當四戰之地，撫劍顧眄②，亦足以爲人豪，而反制于人，不以鄙乎！今州軍東征，其處空虛，呂布壯士，善戰無前，若權迎之，共牧兗州③，觀天下形勢，俟時事之變通④，此亦縱橫之一時也。」邈從之。太祖初使宮將兵留屯東郡，遂以其衆東迎布爲兗州牧，據濮陽。郡縣皆應，唯鄄城、東阿、范爲太祖守。太祖引軍還，與布戰于濮陽，太祖軍不利，相持百餘日。是時歲旱、蟲蝗、少穀，百姓相食，布東屯山陽。二年間，太祖乃盡復收諸城，擊破布于鉅野。布東奔劉備。邈從布，留超將家屬屯雍丘。太祖攻圍數月，屠之，斬超及其家。邈詣袁術請救未至，自爲其兵所殺。

陳宮

注釋

①分崩：指四分五裂。②顧眄：左右察看。③牧：官名，這裏用作動詞，意謂統治。④俟：等待，等候。

譯文

呂布離開袁紹去投奔張楊，臨分別時去拜訪張邈，兩個人握手發誓。袁紹聽說後非常痛恨張邈。張邈害怕太祖到最後會幫助袁紹攻打自己，心中非常不安。興平元年，太祖再次討伐陶謙，張邈的弟弟張超和太祖的部將陳宮、從事中郎許汜、王楷一起謀劃背叛太祖。陳宮勸說張邈：「現在天下的英雄豪傑紛紛起兵，天下四分五裂，你擁有方圓千里的土地，居于四方必爭的重要地區，手中拿着佩劍四處觀望，這些也使你足能做人中的豪傑，你卻反而受別人控制，難道不是太沒出息了嗎！現在兗州軍向東征討，城內空虛，呂布是位壯士，能征善戰，一往無前。如果暫時把他拉過來，共同統治兗州，觀察天下的形勢，等待形勢發生變化，這也是馳騁天下的良好機會啊。」張邈采納了他的建議，太祖當初讓陳宮帶兵留守在東郡，陳宮便率他的部隊迎接呂布擔任兗州牧，駐守濮陽。兗州所屬的郡縣都起來響應，衹有鄄城、東阿、范縣仍然爲太祖堅守。太祖帶兵回來以後同呂布在濮陽展開激烈的戰鬥，太祖的軍隊在戰爭中處于不利地位，雙方相持一百多天。這個時候天大旱、出現蝗蟲、缺少糧食，百姓出現了人吃人的現象，呂布率軍向東駐守山陽。在兩年時間裏，太祖便全部把各城都收了回來，在巨野打敗了呂布。呂布向東逃去投奔劉備。張邈追隨呂布，留下弟弟張超帶領全家人據守雍丘。太祖把雍丘圍攻了幾個月，最後攻陷，屠殺了全城的百姓，殺了張超和他的全家人。張邈到袁術那裏請求援助，還沒有走到那裏就被他的部將殺掉了。

原文

備東擊術，布襲取下邳，備還歸布。布遣備屯小沛。布自稱徐州刺史。術遣將紀靈等步騎三萬攻備，備求救于布。布諸將謂布曰：「將軍常欲殺備，今可假手于術。」布曰：「不然。術若破備，則北連太山諸將，吾爲在術圍中，不得不救也。」便嚴步兵千、騎二百①，馳往赴備。靈等聞布至，皆斂兵不敢復攻②。布于沛西南一里安屯，遣鈴下請靈等③，靈等亦請布共飲食。布謂靈等曰：「玄德，布弟也。弟爲諸君所困，故來救之。布性不喜合鬥，但喜解鬥耳。」布令門候于營門中舉一支戟④，布言：「諸君觀布射戟小支，一發中者諸君當解去，不中可留決鬥。」布舉弓射戟，正中小支。諸將皆驚，言「將軍天威也」！明日復歡會，然後各罷。

呂奉先射戟轅門

注釋　①嚴：這裏是緊急調遣的意思。②斂兵：停止戰鬥。③鈴下：這裏指隨從士兵。④門候：守門的士兵。

譯文　劉備向東進攻袁術，呂布攻下了下邳，劉備回來

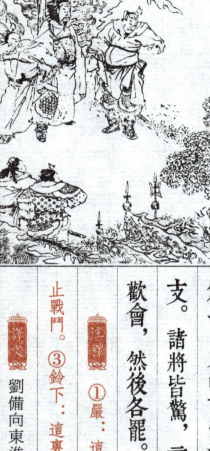

以後就歸附了呂布，呂布派劉備駐守在小沛。呂布自稱爲徐州刺史。袁術派大將紀靈率領三萬名步兵騎兵進攻劉備，劉備向呂布請求援助。呂布的部將對他說：「將軍常常想殺掉劉備，現在可以借袁術的手來殺掉他。」呂布說：「不能這樣做，袁術如果打敗了劉備，就會和北方太山郡的一些將領聯合起來，我們正好陷入他們的包圍之中，所以不能不援助劉備。」于是緊急調遣一千名步兵、二百名騎兵向劉備那裏奔去。紀靈聽說呂布來了，收兵不敢再進攻。呂布在小沛城西南一里遠的地方安營扎寨，派衛士請紀靈等人，紀靈等人也請呂布一起赴宴飲酒。呂布對紀靈說：「玄德是我的弟弟。弟弟被各位將軍圍困，所以我來救助他。我天性不喜歡和別人爭鬥，祇喜歡爲別人調解紛爭。」呂布要軍候在營門豎立一支戟。呂布說：「大家請看我要射這支戟的小支，如果我一次就射中的話請各位撤軍回去，如果一次射不中的話就留下來決戰。」于是舉弓射箭，正中戟的小支，在場的將士們都震驚了，說道：「將軍實在是有天生的神威啊！」第二天又聚會暢飲，然後各自撤兵離去。

原文 術欲結布爲援，乃爲子索布女，布許之。術遣使韓胤以僭號議告布①，並求迎婦。沛相陳珪恐術、布成婚，則徐、揚合從，將爲國難，

于是往說布曰：「曹公奉迎天子，輔讚國政，威靈命世，將征四海，將軍宜與協同策謀，圖太山之安。今與術結婚，受天下不義之名，必有累卵之危。」布亦怨術初不已受也，女已在塗②，追還絕婚，械送韓胤，梟首許市③。珪欲使子登詣太祖，布不肯遣。會使者至，拜布左將軍。布大喜，即聽登往，並令奉章謝恩。登見太祖，因陳布勇而無計，輕于去就，宜早圖之。太祖曰：「布，狼子野心，誠難久養，非卿莫能究其情也。」即增珪秩中二千石④，拜登廣陵太守。臨別，太祖執登手曰：「東方之事，便以相付。」令登陰合部衆以爲內應⑤。

注釋 ①僭號：古代指私自稱帝的人的名號。僭，超越本分。②在塗：就是在路上的意思。塗，通「途」。③梟首：古代殺死犯人後，一般把頭懸挂在木杆上示衆。這裏是斬殺的意思。④秩：官吏的職位、等級、俸祿的總稱。⑤陰合：暗地集結。

譯文 袁術想與呂布聯合起來讓呂布做他的外援，便替自己的兒子求呂布的女兒做妻子，呂布答

應了他的請求。袁術便派使者韓胤把他想自己稱帝的陰謀告訴了呂布，同時要求把兒媳婦迎接過去。沛相陳珪害怕袁術、呂布結爲親家，這樣一來，徐州、揚州就會連在一起，這將是國家的災難，于是勸呂布說：「曹公迎接皇帝，輔佐朝政，威武英明文明當世，將要征服天下，將軍應該與他同心協力共同謀劃，使自己像泰山一樣牢固，現在和袁術結爲親家，擔負不義的名聲，必定會有很大的危險。」呂布也怨恨袁術當初不收納自己，可是女兒已經在路上了，便派人把她追了回來斷絕了這門親事，給韓胤戴上刑具送走，在許昌斬首示衆。陳珪想派兒子陳登去拜見太祖，呂布不願意。正好這時朝廷的使者來到，任命呂布爲左將軍，呂布很高興，就同意陳登去京城許昌，而且讓他帶着奏章去謝恩。陳登見到太祖，向他稟報了呂布有勇

無謀，輕率地與別人分和，勸太祖早點對他動手。太祖說：「呂布有狼子般的野心，實在是不能久養，除了你之外，沒有人能這樣清楚透徹地了解實際情況。」于是把陳珪的俸祿增爲中二千石，任命陳登爲廣陵太守。臨分別的時候，太祖拉着陳登的手說：「東部的事情我就托付給你了。」陳登暗地集合軍隊做太祖的內應。

原文

始，布因登求徐州牧①，登還，布怒，拔戟斫幾曰：「卿父勸吾協同曹公，絕婚公路；今吾所求無一獲，而卿父子並顯重，爲卿所賣耳！卿爲吾言，其說云何？」登不爲動容②，徐喻之曰③：「登見曹公言：『待將軍譬如養虎，當飽其肉，不飽則將噬人。』公曰：『不如卿言也。譬如養鷹，飢則爲用，飽則揚去。』其言如此。」布意乃解。

術怒，與韓暹、楊奉等連勢，遣大將張勛攻布。布謂珪曰：「今致術軍，卿之由也，爲之柰何？」珪曰：「暹、奉與術，卒合之軍耳，策謀不素定④，不能相維持，子登策之⑤，比之連雞，勢不俱棲，可解離也。」布

用珪策，遣人說暹、奉，使與己並力共擊術軍，軍資所有，悉許暹、奉。于是暹、奉從之，助大破敗。

【注釋】①因：依靠，依賴。②動容：改變臉色。③徐：慢慢地。④素定：事先制訂，事先準備好。⑤策：估計，估測。

【譯文】起初，呂布委托陳登向朝廷要求徐州牧的官職，陳登回來後呂布大怒，拔戟砍桌子，說：「你的父親勸我協助曹公，與袁術斷絕親事；今天我想要的東西都沒有得到，而你們父子卻都顯赫起來，我被你們出賣了！你對我講講，曹公是怎麼對你說的？」陳登臉色不變，慢慢開導他說：「我見到了曹公，對他說：『養將軍就像養虎一樣，要讓他吃飽，如果吃不飽就要咬人。』曹公說：『事情不是你說的那樣。養將軍就像養鷹一樣，餓的時候就被我們所用，飽的時候他就會飛走。』他是這樣說的。」呂布的怒氣才消解。

袁術非常生氣，與韓暹、楊奉等人聯合起來，派遣大將張勛攻打呂布。呂布對陳珪說：「現在招惹來袁術的大軍，是由你造成的，怎麼辦呢？」陳珪說：「韓暹、楊奉和袁術，衹不過是倉促聯合起

來的軍隊，計謀不是平時就確定的，因此不能維持太長的時間，我的兒子陳登估計他們就像被綁在一起的鷄，不能同時站在一個木架上，可以把他們離散。」呂布采納了陳珪的計策，派人說服韓暹、楊奉，讓他們與自己同心協力共同向袁術的軍隊發起進攻，並且答應他們將獲得的所有軍需物資全部都給他們。于是，韓暹、楊奉答應了呂布的要求，張勛大敗。

【原文】建安三年，布復叛爲術，遣高順攻劉備于沛，破之。太祖遣夏侯惇救備，爲順所敗。太祖自征布，至其城下，遺布書，爲陳禍福①。布欲降，陳宮等自以負罪深，沮其計。布遣人求救于術，自將千餘騎出戰，敗走，還保城，不敢出。術亦不能救。布雖驍猛，然無謀而多猜忌，不能制御其黨②，但信諸將。諸將各異意自疑，故每戰多敗。太祖塹圍之三月，上下離心，其將侯成、宋憲、魏續縛陳宮，將其衆降。布與其麾下登白門樓③。兵圍急，乃下降。遂生縛布，布曰：「縛太急，小緩之。」太祖曰：「縛虎不得不急也。」布請曰：「明公所患不過于布，今已服矣，天下不足

憂。明公將步，令布將騎，則天下不足定也。」太祖有疑色。劉備進曰：「明公不見布之事丁建陽及董太師乎！」太祖頷之。布因指備曰：「是兒最叵信者④。」于是縊殺布。布與宮、順等皆梟首送許，然後葬之。

注釋 ①陳：陳述，講述。②制御：控制駕馭。③麾下：部下。麾是古代用來指揮軍隊的旗幟。④叵：不能，不可以。

譯文 建安三年（公元一九八年），呂布又背叛了太祖，替袁術效力，他派遣高順到小沛攻擊劉備，打敗了劉備。太祖派夏侯惇救助劉備，被高順打敗。太祖親自討伐呂布，到達下邳城下以後給呂布寫了一封信，替他分析了利害關係。呂布

想投降，陳宮等人自認爲罪過很深，便阻攔他的計劃。呂布派人向袁術請求援助，親自帶領一千多人馬出來迎戰，戰敗逃走，回去以後堅守城門，不敢再出來。袁術也不能過來救助。呂布雖然非常勇猛，但是沒有謀略而且性格多猜疑忌諱，不能控制駕馭他的同黨，衹相信幾個將領。而將領們各自有自己的想法以至于互相猜疑，因此每次戰鬥大都以失敗結束。太祖挖了壕溝把下邳圍攻了三個月，呂布的部下渙散離心，他的部將侯成、宋憲、魏續把陳宮綁起來，帶領他們的隊伍向太祖投降。呂布和他的部將登上白門樓。整個城被衆兵包圍，而且情勢非常危急，于是下樓投降。曹軍便活捉了呂布把他捆綁起來，呂布說：「綁得太緊了，稍微鬆一點吧。」太祖說：「捆綁老虎不得不緊點啊！」呂布請求太祖道：「你擔心的是我，現在我已經投降服從你了，你奪取天下已經沒有什麼憂慮了。你率領步兵，讓我呂布率領騎兵，天下就完全可以平定了。」太祖露出疑慮的表情。劉備進言道：「明公不是看到呂布是怎麼樣對待丁原和董卓的嗎？」曹操點了點頭。呂布因此指責劉備說：「你這小子是最不值得信任的人。」于是下令將呂布絞死。呂布和陳宮、高順等人都被砍掉頭送往許昌示衆，然後把他們埋葬了。

原文 太祖之禽宮也，問宮欲活老母及女不？宮對曰：「宮聞孝治天

下者不絕人之親，仁施四海者不乏人之祀[1]，老母在公，不在宮也。」太祖召養其母終其身，嫁其女。

陳登者，字元龍，在廣陵有威名。又掎角呂布有功，加伏波將軍，年三十九卒。後許汜與劉備並在荊州牧劉表坐，表與備共論天下人，汜曰：「陳元龍湖海之士，豪氣不除。」備謂表曰：「許君論是非？」表曰：「欲言非，此君爲善士，不宜虛言；欲言是，元龍名重天下。」備問汜：「君言豪，寧有事邪？」汜曰：「昔遭亂過下邳，見元龍。元龍無客主之意，久不相與語，自上大床臥，使客臥下床。」備曰：「君有國士之名，今天下大亂，帝主失所，望君憂國忘家，有救世之意，而君求田問舍，言無可采，是元龍所諱也[2]，何緣當與君語？如小人，欲臥百尺樓上，臥君于地，何但上下床之間邪？」表大笑。備因言曰：「若元龍文武膽志，當求之于古耳，造次難得比也[3]。」

注釋　①乏：荒廢，這裏引申爲斷絕的意思。②諱：禁忌，忌諱。③造次：倉促匆忙。比喻時間緊迫。

譯文　太祖捉住陳宮的時候，問陳宮想不想讓母親和女兒活下去，陳宮回答說：「我聽說憑借孝道治理天下的人不會殺害別人的親人，憑借仁德施行天下的人不會斷絕別人的後代，母親的生死完全在于你，而不在于我。」太祖把他的母親接過來奉養直到她去世，並且把他的女兒嫁了出去。

陳登，字元龍，在廣陵一帶很有名氣。又因爲牽制呂布立下功勞，被封爲伏波將軍，三十九歲的時候死去。後來許汜和劉備同時在荊州牧劉表家裏做客，劉表和劉備一起談論天下的人物，許汜說：「陳元龍是個豪放大氣的人，粗豪的習氣沒有消除。」劉備對劉表說：「許汜的評論對還是不對？」劉表說：「如果說不對，但許汜是一個善良的人，不會撒謊，如果說對，元龍在全國的名氣很大。」劉備又問許汜：「您說陳元龍粗豪，有事實作根據嗎？」許汜說：「以前遭受兵亂時我曾經經過下邳，拜訪過陳元龍。他沒有誠意款待客人，見了很久也不跟我說話，自己到大床睡覺，讓客人睡在下床。」劉備說：「你擁有國士的的聲名，現在天下大亂，皇帝也丟掉了位子，希望你爲國家擔憂忘記小家，有謝承《後漢書》曰：「旻有幹事才，達于從政，爲漢良吏。」

拯救時局的志向，但是你衹知道購置田產房屋，說的話沒有一點值得采納的地方，這正是陳元龍所忌諱的事情，他怎麼會和你交談呢？如果換了我，我還要睡到百尺高的樓上，讓你睡在地下，哪裏衹有上下床的間隔呢？」劉表聽了大笑。劉備又趁機說：「像陳元龍這樣文武雙全且有氣魄、有志向的人，衹好回到古人當中去尋找，匆忙之間很難找到能與他相比的人啊。」

原文

臧洪字子源，廣陵射陽人也。父旻，歷匈奴中郎將、中山、太原太守，所在有名。洪體貌魁梧①，有異于人，舉孝廉爲郎②。時選三署郎以補縣長；琅邪趙昱爲莒長，東萊劉繇下邑長，東海王朗菑丘長，洪即丘長。靈帝末，棄官還家，太守張超請洪爲功曹。

董卓殺帝，圖危社稷③，洪說超曰：「明府歷世受恩，兄弟並據大郡，今王室將危，賊臣未梟，此誠天下義烈報恩效命之秋也。今郡境尚全，吏民殷富，若動枹鼓，可得二萬人，以此誅除國賊，爲天下倡先，義之大者也。」超然其言，與洪西至陳留，見兄邈計事。邈亦素有心，會于酸棗，邈謂超曰：「聞弟爲郡守，政教威恩，不由己出，動任臧洪，洪者何人？」超曰：「洪才略智數優超，超甚愛之，海內奇士也。」邈即引見洪，與語大異之。致之于劉兗州公山、孔豫州公緒，皆與洪親善。乃設壇場④，方共盟誓，諸州郡更相讓，莫敢當，咸共推洪。洪乃升壇操槃歃血而盟曰：「漢室不幸，皇綱失統⑤，賊臣董卓乘釁縱害，禍加至尊，虐流百姓，大懼淪喪社稷，翦覆四海⑥。兗州刺史岱、豫州刺史伷、陳留太守邈、東郡太守瑁、廣陵太守超等，糾合義兵，並赴國難。凡我同盟，齊心戮力，以致臣節，殞首喪元，必無二志。有渝此盟，俾墜其命，無克遺育⑦。皇天后土⑧，祖宗明靈，實皆鑒之！」洪辭氣慷慨，涕泣橫下，聞其言者，雖卒伍廝養⑨，莫不激揚，人思致節⑩。頃之，諸軍莫適先進，而食盡衆散。

注釋

①魁梧：形容身材高大健壯。②郎：跟隨在皇帝身邊的侍從的通稱。③社稷：指國家。社，土神；稷，穀神。④壇場：用土建築的高臺，用于祭祀、盟誓等大事。⑤皇綱：皇

帝的大權。綱，原來指網上的總繩，這裏比喻權力。⑥翦覆：剪斷顛覆。這裏是滅亡的意思。⑦育：後裔，後代。⑧皇天后土：指天地。⑨厮養：指僕役等身份低下的人。⑩致節：盡節。節是氣節的意思。

【譯文】臧洪字子源，廣陵郡射陽縣人。父親叫臧旻。歷任匈奴中郎將、中山、太原兩郡的太守，他在他任職的地方的名聲很好。臧洪的體格魁梧，與一般人不一樣，被推舉爲孝廉當了郎官。當時朝廷選拔三署的郎官擔任縣長；琅邪人趙昱擔任莒縣的縣長，東萊郡人劉繇擔任下邑縣長，東海郡人王朗擔任菑丘縣長，臧洪擔任即丘縣長。漢靈帝末年，他辭去官職回到家鄉，太守張超請他擔任功曹。

董卓謀殺少帝，企圖危害國家，臧洪對張超說：「明府你家世代受到皇帝的恩澤，兄弟都掌握大郡，現在皇室將有危險，亂臣沒有被消滅掉，這正是天下的忠烈之士報答皇恩爲國效力的時候。現在郡州還算完整，官民富足，如果擊鼓召集士兵，可以得到兩萬人，率領這支隊伍消滅亂賊，是全國的先導，這是大義啊。」張超也贊同他的建議，和臧洪向西行到達陳留，會見了哥哥張邈商量起兵的大事。張邈本來就有這種想法，他們在酸棗會合，張邈對張超說：「我聽說弟弟擔任郡守，政事、教化、獎勵和懲罰這樣的大事都不是自己做主，凡事都讓臧洪去做，臧洪是什麼人？」張超說：「臧洪的才能膽略智謀都比我強，我非常喜歡他，他是國內的一個奇人。」張邈就邀請臧洪前來相見，與他交談後很驚異他的才能，把他介紹給兗州刺史劉岱、豫州刺史孔伷，他們和臧洪的關係都很親密友好。于是設立了祭壇，以期宣誓結成盟約，各個州郡互相推讓，沒有人敢擔任盟主的職位，都共同推舉臧洪。臧洪便走上祭壇端起放着杯子的托盤喝了杯血酒宣誓：「漢朝王室非常不幸，朝廷的政綱失去了控制，亂臣董卓趁機作亂，災禍降臨到了皇帝的身上，暴虐的行動殃及百姓，最害怕國家淪亡、江山遭到顛覆。今天兗州刺史劉岱、豫州刺史孔伷、陳留太守張邈、東郡太守喬瑁、廣陵太守張超等人，召集義軍，共同趕赴國難。所有參加盟會的人都要齊心協力，盡到作爲大臣的大節，即使頭掉身亡，也不會有二心。如果有人敢違背這個誓約，神靈將使他丟掉性命，不使他遺留後代。天地神靈，祖宗英靈，都看得非常清楚！」臧洪言辭慷慨，涕淚交零，聽到他誓言的人，即使士兵僕役也沒有不慷慨激昂的，每個人都願意盡節。不久，各個部隊竟然沒有帶頭率先進攻的，糧食吃完以後隊伍就散了。

【原文】超遣洪詣大司馬劉虞謀，值公孫瓚之難，至河間，遇幽、冀二州交兵，使命不達。而袁紹見洪，又奇重之，與結分合好。會青州刺史焦和卒，紹使洪領青州以撫其衆①。洪在州二年，羣盜奔走。紹嘆其能，徙爲東郡太守②，治東武陽。

【注釋】①領：兼任的意思。②徙：遷移，移動。

【譯文】張超派遣臧洪去見大司馬劉虞一同謀劃。恰巧遭到公孫瓚的襲擊，到了河間，又碰上幽州和冀州的軍隊交戰，使命不能傳達到劉虞那裏。而袁紹遇到了臧洪，特別器重他，和他成爲好朋友。正好青州刺史焦和死去，袁紹讓臧洪兼任青州刺史，以安撫民衆。臧洪在青州待了兩年，強盜和土匪都逃走了。袁紹感嘆佩服他的才能，改任他爲東郡太守，在東武陽處理政事。

【原文】太祖圍張超于雍丘，超言：「唯恃臧洪①，當來救吾。」衆人以爲袁、曹方睦，而洪爲紹所表用，必不敢好招禍②，遠來赴此。超曰：「子源，天下義士，終不背本者，但恐見禁制，不相及逮耳③。」洪聞之，果徒跣號泣，並勒所領兵④，又從紹請兵馬，求欲救超，而紹終不聽許。超遂族滅。洪由是怨紹，絕不與通。紹興兵圍之，歷年不下。紹令洪邑人陳琳書與洪，喻以禍福，責以恩義。

洪答曰：隔闊相思⑤，發于寤寐。幸相去步武之間耳⑥，而以趣捨異規，不得相見，其爲愴悢，可爲心哉！前日不遺⑦，比辱雅貺，述敘禍福，公私切至。所以不即奉答者，既學薄才鈍，不足塞詰；亦以吾子攜負側室，息肩主人⑧，家在東州，僕爲仇敵。以是事人，雖披中情，墮肝膽，猶身疏有罪，言甘見怪，方首尾不救，何能恤人？且以子之才，窮該典籍，豈將暗于大道，不達余趣哉！然猶復云云者，僕以是知足下之言，信不由衷，將以救禍也。必欲算計長短，辯諮是非⑨，是非之論，言滿天下，陳之更不明，不言無所損。又言傷告絕之義，非吾所忍行也，是以捐棄紙筆，一無所答。亦冀遙忖其心⑩，知其計定，不復渝變也⑪。重獲來命，援引古今，紛紜六紙⑫，雖欲不言，焉得已哉！

注釋 ①恃：依靠，依賴。②敗好：損害情意。③逮：等到。④勒：統帥，帶領。⑤隔闊：久別，遠離。⑥步武：指相距不遠。六尺爲一步，半步爲一武。⑦不遺：不嫌棄。⑧息肩：把肩上的行李放下來休息，這裏比喻陳琳投靠袁紹的事情。⑨辯詰：辯論，商量。⑩忖：揣度，考慮。⑪渝變：改變，改動。⑫紛紜：形容多，滿。

譯文 太祖在雍丘包圍了張超，張超說：「我衹依靠臧洪，他會來幫助援救我的。」大家認爲袁紹、曹操現在非常友好，而臧洪被袁紹任用，臧洪一定不會破壞友好而招來災禍，遠來這裏援救張超。張超卻說：「子源是天下的義士，絕對不會背其根本的，衹怕他受到別人的控制，不能及時趕到這裏。」臧洪聽到張超被圍困的消息，果然赤腳痛哭，于是調遣自己的軍隊，並向袁紹請求調派軍隊，要去救張超，但是袁紹拒絕了他的請求。于是張超遭到滅族的災禍。臧洪因此非常怨恨袁紹，絕對不與他再來往。袁紹發兵包圍了他，與他對峙了一年多仍然沒有攻下。袁紹讓臧洪的同鄉陳琳寫信告訴臧洪利害關係，責備他忘恩負義。

陳琳

陳琳，字孔璋，廣陵射陽人。東漢末年著名文學家，「建安七子」之一。漢靈帝末年，任大將軍何進主簿。董卓肆虐洛陽，陳琳避難至冀州，入袁紹幕。建安五年（公元二〇〇年），官渡之戰，袁紹大敗，陳琳爲曹軍俘獲。曹操愛其才而不咎，署爲司空軍師祭酒，後又徙爲丞相門下督。

臧洪回信說：久別相思，日夜動情，幸好我們離得不遠，但是由于志向不同不能經常相見，這種悲痛的心情是難以忍受的！前一段時間承蒙你不嫌棄，屢次來信，叙述利害關係，于公于私都非常懇切。我之所以沒有及時回信給你，既因爲我才疏學淺不能回答你的責難；也因爲你攜帶家人投奔了我以前的主人。我們都曾經居住在東州，但是現在我已經成了你的敵人，以我現在這樣的處境再侍奉故主袁紹，即使表達眞情，袒露肝膽，也還是會被疏遠而且被定罪，說得再好聽也要被責怪，眞的是自身難保，又怎麼能顧及別人呢？況且以你的才識，遍讀典籍，難道你還不明白大道理，不了解我的志向嗎！但是你還是反復這樣勸說，所以我知道你所說的話不是出于你的內心，而是想使我免除災禍罷了。如果你一定要弄清楚長短利弊，辨

《英雄記》云：「袁紹使張景明、郭公則等說韓馥，使讓冀州。」

臣松之案：疑此是子璜也。

別誰對誰錯，而議論是非的討論充斥天下，陳述將會變得更不清楚，不說也沒有什麼損害。說了反而會傷害感情而斷絕情誼，我不忍心這樣做，所以就放下紙筆，沒有答復一句話，也希望你能夠深切地體會到我的心意，知道我的主意已經拿定，不會再改變了。這一次又收到你的來信，引用古今道理，寫了滿滿的六大張，雖然我不想回復，但怎麼能甘休呢！

原文

僕小人也①，**本因行役，寇竊大州，恩深分厚**②，**寧樂今日自還接刃！每登城勒兵，望主人之旗鼓，感故友之周旋，撫弦搦矢，不覺流涕之覆面也。何者？自以輔佐主人，無以爲悔。主人相接，過絕等倫**③。**當受任之初，自謂究竟大事，共尊王室。豈悟天子不悅，本州見侵，郡將遘牖里之厄**④，**陳留克創兵之謀，謀計棲遲**⑤，**喪忠孝之名，杖策攜背，虧交友之分。揆此二者，與其不得已，喪忠孝之名與虧交友之道，輕重殊塗，親疏異畫，故便收淚告絕。若使主人少垂故人**⑥，**住者側席，去者克己，不汲汲于離友**⑦，**信刑戮以自輔，則僕抗季札之志，不爲今日之戰矣。**

何以效之？昔張景明親登壇喢血，奉辭奔走，卒使韓牧讓印，主人得地；然後但以拜章朝主，賜爵獲傳之故，旋時之間⑧，**不蒙觀過之貸**⑨，**而受夷滅之禍。呂奉先討卓來奔，請兵不獲，告去何罪？復見斫刺，濱于死亡。劉子璜奉使逾時，辭不獲命，畏威懷親，以詐求歸，可謂有志忠孝，無損霸道者也；然輒僵斃麾下，不蒙虧除。僕雖不敏**⑩，**又素不能原始見終**⑪，**睹微知著，竊度主人之心，豈謂三子宜死，罰當刑中哉？實且欲一統山東，增兵討仇，懼戰士狐疑，無以沮勸，故抑廢王命以崇承制**⑫，**慕義者蒙榮，待放者被戮，此乃主人之利，非游士之願也。故僕鑒戒前人，困窮死戰。僕雖下愚，亦嘗聞君子之言矣。此實非吾心也。乃主人招焉。凡吾所以背棄國民，用命此城者，正以君子之違，不適敵國故也。是以獲罪主人，見攻逾時，而足下更引此義以爲吾規，無乃辭同趨異**⑬，**非君子所爲休戚者哉！**

注釋

①小人：文中指地位低下的人，是臧洪的自謙之詞。②分：情分，情意。③等倫：同輩。④遘：遇到，遭遇。⑤棲遲：停頓。⑥少垂：稍微地加以垂念。⑦汲汲：心情非常急切的樣子。⑧旋時：即時，說明時間倉促。⑨覩過：觀察人的過失。⑩敏：明智，聰慧。⑪素：本來，原來。⑫抑廢：抑制廢除。⑬趨異：興趣愛好不同。

譯文

我衹是一個小人物，本來是爲了謀生而在外面奔走，能夠在冀州竊據一個職位，確實是主人袁紹待我的恩情非常深厚的原因，我難道願意出現和他刀兵相見的局面嗎？每當我登上城樓部署軍隊行列的時候，遠遠地望見主人的旗鼓，有感于老朋友你在中間周旋，撫摸着弓弦拿着箭杆，禁不住淚流滿面。爲什麼呢？我自以爲過去輔佐主人，沒有做出值得後悔的事情。主人對我，恩澤也超過了我們的同輩。當初接受任命的時候，自以爲深切地明白國家大事，共同侍奉朝廷。誰知道天子不高興，本州因此受到了攻擊，郡州將遭到牖里那樣的危險，在陳留實現了組建聯軍共同討伐董卓的計劃，但是計劃被擱置，丟掉了忠孝的名聲，現在我揚鞭而去，背叛了主人，失掉了我們之間的情誼。估計這兩方面，與其在不得已時喪失忠孝的名聲和失掉我們之間的情誼，輕重是不一樣的，親疏的界限非常明顯，還不如因此就收住眼淚宣告絕交。如果主人稍微挂念舊友，留下的會表示敬意，離去的會克制自己，不會急于絕交，施用懲罰來輔助自己，那麼我將會效法吳季札那樣的高尚操節，就不會有現在的戰爭爆發了。怎麼樣驗證這些呢？從前張景明曾經親自登上高壇歃血結盟，又奉主人的命令到處奔走聯絡，最終使冀州牧韓馥交出印章，主人得到冀州；後來衹是因爲他呈奏章朝見皇上，皇帝賞賜給他爵祿符信，轉眼之間，竟然因爲觀察人的過失，遭來了殺身之禍。呂布刺殺董卓後投奔主人，向主人請求援兵沒有得到應允，要求離開又有什麼罪呢？後又被刺客砍殺，差點被殺死。劉勛奉命出使，時間超過了期限，告辭回去又不同意，他懼怕主人的威嚴，懷念家中的親人，衹好講了謊話要求回去，可以說是他有忠君孝順的志向，對主人的大業並沒有什麼損害；然而隨後就被主人誅殺于軍旗下面，沒有獲得減罪和赦免。我雖然不夠明智，向來不能從追溯事物發展的開端來預見事物發展的結果，不能從細微的地方看到事物的發展，但是暗地裏猜測主人的心思，難道認爲這三個人都應該被處死嗎？主人的懲罰量刑得當合理嗎？實際上主人是想統一山東，將加強兵力來討伐所有的敵人，擔心隊伍帶着疑慮散去，沒有辦法挽留，所以違背王侯的命令而看重秉承皇帝的旨意，愛慕虛名的得到嘉獎，要求離開的被殺掉，這純粹是主人爲了自身的利益，而不是游士們的願望。所以我才以前人爲鑒戒，即使窮困也要死戰到底。我雖然愚蠢到極點，也曾經聽到過君子的言論啊。這實在不是我的本來願望，是主人逼我這樣做的。我之所以背棄國民，在這個孤城拼命，正是因爲君子逃亡不應該去敵國的原因。因此我得罪了主人，被他圍攻了很長時間。現在你竟然用這個道理來説服我，不會是語言相同而意思恰好相反吧，那樣，君子是會感到悲傷的啊！

原文 吾聞之也，義不背親，忠不違君，故東宗本州以爲親援①，中扶郡將以安社稷，一舉二得以徼忠孝②，何以爲非？而足下欲使吾輕本破家③，均君主人。主人之于我也，年爲吾兄，分爲篤友，道乖告去，以安君親，可謂順矣。若子之言，則包胥宜致命于伍員，不當號哭于秦庭矣。苟區區于攘患④，不知言乖乎道理矣。足下或者見城圍不解，救兵未至，感婚姻之義，惟平生之好⑤，以屈節而苟生，勝守義而傾覆也。昔晏嬰不降志于白刃，南史不曲筆以求生，故身著圖象，名垂後世，況僕據金城之固，驅士民之力，散三年之畜，以爲一年之資，匡困補乏，以悦天下，何圖築室反耕哉！但懼秋風揚塵，伯珪馬首南向，張楊、飛燕，膂力作難，北鄙將告倒縣之急⑥，股肱奏乞歸之誠耳。主人當鑒我曹輩，反旌退師，治兵鄴垣，何宜久辱盛怒，暴威于吾城下哉？足下譏吾恃黑山以爲救，獨不念黄巾之合從邪！加飛燕之屬悉以受王命矣。昔高祖取彭越于鉅野，光武創基兆于綠林，卒能龍飛中興，以成帝業，苟可輔主興化，夫何嫌哉！況僕親奉璽書，與之從事⑦。

注釋 ①宗：尊崇的意思。②徼：求取。③輕本：丟掉了根本。④區區：形容人喜悦自得的樣子。⑤惟：思念，想念。⑥倒縣：比喻處境非常艱難和危急，就像被人倒掛起來一樣。縣，通懸。⑦從事：治理政事。

譯文 我聽説過，講義氣的人不會背棄親人，盡忠的人不會背棄君主，因此尊奉本州作爲親近的聲援，衷心地支持郡將來安定社稷，這是求得忠孝兩全的一舉兩得的行爲，怎麼會不正確呢？你現在竟要我抛棄最根本的忠孝、毀壞故家，和你一起效忠于主人。對于我來說，主人在年齡上可以做我兄長，在情分上我們是親密的朋友，志向不同才要求離去，使君王和雙親安寧，可以說這是順理成章的事情。按照你的建議，申包胥應該爲伍子胥效命，不應該到秦國朝廷上大哭了。如果僅僅是爲了躲避災禍的話，豈不知這些做法已經違背了大道理了。或許你衹是看到我的孤城被圍困而我無力解除包圍，而且援兵又沒有來到，念及你和我有親戚關係，想到你和我平生友好的份上，讓我委屈名節苟且保全自己的性命，認爲我這樣做要比因堅守正義而招致敗亡強很多。從前晏嬰不願意在刀刃下降低志氣，南史也不爲了苟全性命而歪曲史實，因此他們的形象見于畫像，名聲流傳于後代，更何況我占據着堅固的城池，驅使民衆的力量，散盡三年的積蓄，作爲一年的費用，盡可能地救濟貧困補救不足，從而取悅于天下的百姓，哪裏會害怕主人長期圍困不肯撤兵呢？我衹是怕秋風揚起塵土，公孫瓚發兵南下，張楊、飛燕，極力發難，北方邊境將會出現人體倒挂那樣的危急情況，而且他的親信會向他報告請求回家的眞情。主人應該看清楚我是什麼性格的人，趕緊撤兵，退保鄴城，怎麼可以長期地不消怒氣，在我的城下大耍威風呢？你嘲笑我衹是依靠張燕的黑山軍的救援，唯獨沒想到我會和黃巾軍聯合起來啊！再加上張燕的黑山軍都已經接受了天子的詔書而歸順朝廷了。以前漢高祖在巨野收編了彭越，光武帝創建的基業立本于綠林軍的兵力，他們最後都登基稱帝，成就一番帝王的偉業，假如能輔佐君主弘揚教化，還憂慮什麼呢！況且我還親自得到皇帝下的詔書，允許我和他們合作。

【原文】行矣孔璋！足下徼利于境外，臧洪授命于君親；吾子託身于盟主，臧洪策名于長安。子謂余身死而名滅，僕亦笑子生死而無聞焉，悲哉！本同而末離，努力努力，夫復何言！

紹見洪書，知無降意，增兵急攻。城中糧穀以盡，外無強救，洪自度必不免[1]，呼吏士謂曰：「袁氏無道，所圖不軌，且不救洪郡將。洪于大義，不得不死，念諸君無事空與此禍[2]！可先城未敗，將妻子出。」將吏士民皆垂泣曰：「明府與袁氏本無怨隙，今爲本朝郡將之故，自致殘困，吏民何忍當捨明府去也！」初尚掘鼠煑筋角[3]，後無可復食者。主簿啓內廚米三斗，請中分稍以爲糜粥，洪嘆曰：「獨食此何爲！」使作薄粥，衆分欸之，殺其愛妾以食將士。將士咸流涕，無能仰視者。男女七八千人相枕而死[4]，莫有離叛。

注釋　①度：估測，估量。②空與：白白地遭受。③筋角：用來製造弓箭弩和刀劍鞘的材料。④相枕：重合，互相偎依。

譯文　再見了，孔璋，你在境外謀求利益，而我衹能聽命于朝廷，你把身體托付給了盟主，而我則把名聲傳到了都城長安。你認爲我會身死名滅，我也笑你生死都會默默無聞，可悲啊！我們原先志同道合而最後卻各走各的道路，都努力吧，還需要再說什麼呢！

袁紹看到臧洪寫的信，明白他沒有投降的意向，于是增加兵力猛烈攻打，城中的糧食已經吃完了，外面又沒有強大的救兵，臧洪自己權衡，覺得一定不會免于死亡，便召集隊伍對他們說：「袁氏大逆不道，圖謀不軌，而且不願意援助我的郡將。從大義上來說，我不能不死，想到各位本來沒有犯錯誤何必白白地遭受這個災難！你們可以趁着城破之前帶着妻子兒女逃出去。」將士民衆都哭着說：「您同袁氏本來沒有仇恨，現在因爲朝廷的郡將而招來災禍，我們怎麼能忍心丟開您而獨自逃離呢？」剛開始還挖掘老鼠，把兵器的皮革煮爛充飢，後來再也沒有可以吃的東西了。主簿打開內廚拿出剩下的三斗米，請求分一些略微煮點稠粥喝，臧洪感嘆着說：「我怎麼能獨自吞食呢？」讓主簿煮作稀粥，大家分着喝，又殺死他的愛妾把肉分給將士們吃。將士都流下眼淚，沒有人能夠抬頭看他。七八千男女互相靠着直到死去，沒有一個人背叛逃走。

原文　城陷，紹生執洪。紹素親洪，盛施幃幔，大會諸將見洪，謂曰：「臧洪，何相負若此！今日服未？」洪據地瞋目曰[1]：「諸袁事漢，四世五公，可謂受恩。今王室衰弱，無扶翼之意[2]，欲因際會[3]，希冀非望，多殺忠良以立奸威。洪親見呼張陳留爲兄，則洪府君亦宜爲弟，同共戮力，爲國除害，何爲擁衆觀人屠滅！惜洪力劣，不能推刃爲天下報仇，何謂服乎！」紹本愛洪，意欲令屈服，原之[4]；見洪辭切，知終不爲己用，乃殺之。洪邑人陳容少爲書生，親慕洪，隨洪爲東郡丞；城未敗，洪遣出。紹令在坐，見洪當死，起謂紹曰：「將軍舉大事，欲爲天下除暴，而專先誅忠義，豈合天意！臧洪發舉爲郡將，奈何殺之！」紹慚，左右使人牽出，謂曰：「汝非臧洪儔⑤，空復爾爲！」容顧曰：「夫仁義豈有常，蹈之則君子⑥，背之則小人。今日寧與臧洪同日而死⑦，不與將軍同日而生！」復見殺。在紹坐者無不嘆息，竊相謂曰：「如何一日殺二烈士！」先是，洪遣司馬二人出，求救于呂布；比還⑧，城已陷，皆赴敵死。

注釋 ①據地：身體盤踞在地上。②扶翼：扶持，幫助。③際會：這裏是遇合的意思。④原：原諒。⑤儔：同輩，同一類的人。⑥蹈：實踐，行動。⑦寧：寧願，寧可。⑧比：等到。

譯文 城市陷落後，袁紹活捉了臧洪，袁紹與臧洪素來關係就不錯，于是裝飾好帳篷，把所有的將領集合起來和臧洪見面，對他說：「臧洪，你爲什麼辜負我到這樣的程度！今天順服嗎？」臧洪坐在地上睜大眼睛說：「袁家侍奉朝廷，四代中有五個人被封爲公爵，可以說受到了皇帝的厚恩，現在朝廷衰弱，你沒有輔佐扶持的心意，還想趁着天下混亂的機會達到自己的非分的想法，殺害了很多忠良的人樹立自己的淫威。我親眼看到你把陳留太守張邈叫作哥哥，我的府君張超也應該是你的弟弟，

你和他們一起奮鬥，爲朝廷除害才對，爲什麼擁有強大的兵力卻看着別人被殺害呢？可惜我的力量非常薄弱，不能拔刀爲天下人報這個仇恨，說什麼順服不順服！」袁紹本來愛惜臧洪，想讓他順服，原諒他；可是聽到臧洪的言辭非常懇切，知道他最終也不會爲自己效力，便殺掉了他。臧洪的同鄉陳容年輕時是一個書生，愛慕臧洪，跟隨臧洪在東郡做過郡丞；城還沒有失守之前，臧洪就讓他逃出去。袁紹也讓他在座，他看到臧洪即將被處死，站起來對袁紹說：「將軍要擔當天下的重任，爲天下除掉暴徒，現在專門殺害忠義的人士，怎麼能合乎天意呢？」袁紹聽了感到很慚愧，他身邊的人叫人把陳容趕出去，對陳容說：「你不是臧洪一黨的人，何必與他一樣被殺掉呢？」陳容回頭對袁紹說：「仁義怎麼會有一定的模式，遵從它就是君子，違反它就是小人。現在我寧願和臧洪一起死，不願意和將軍同一天生！」于是被殺害。在座的人沒有不嘆息的，暗地裏互相說：「怎麼在一天之內殺害兩個有志氣的人呢？」當初，臧洪派司馬二人出城向呂布請求援助；等到他們回來，城池已經被攻破，都同敵人拼死。

原文 評曰：呂布有虓虎之勇①，而無英奇之略②，輕狡反覆③，唯利是

覘。自古及今，未有若此不夷滅也。昔漢光武謬于龐萌④，近魏太祖亦蔽于張邈。知人則哲，唯帝難之，信矣！陳登、臧洪並有雄氣壯節，登降年夙隕⑤，功業未遂，洪以兵弱敵強，烈志⑥不立，惜哉！

注釋

①虓：憤怒咆哮的老虎。②英奇：英明奇異。③輕狡：輕率狡猾。這裏形容一個人的品質惡劣。④謬：錯誤。這裏用作動詞。⑤降年：壽命短。⑥烈志：指人的雄偉壯烈的志向。

譯文

評論說：呂布有猛虎般的勇猛，但是沒有雄偉不凡的謀略，輕率狡猾而且反復無常，衹看到手頭的小利。從古到今，這種人沒有不滅亡的。以前漢光武帝被龐萌所耽誤，近代魏太祖又受到張邈的蒙蔽。由此可見，認清人才就是明智的作爲，即使皇帝也很難做到，可信啊！陳登、臧洪都有英雄般的氣概、壯烈的情操，陳登命短早死，沒有成就功業，臧洪憑借弱兵對抗袁紹的強兵，壯烈的志向不能實現，可惜啊！

荀彧荀攸賈詡傳

《續漢書》曰：「淑有高才，王暢皆以爲師，爲朗陵侯相，號稱神君。」

原文

荀彧字文若，潁川潁陰人也。祖父淑，字季和，朗陵令。當漢順、桓之間，知名當世。有子八人，號曰八龍。彧父緄，濟南相。叔父爽，司空。

彧年少時，南陽何顒異之，曰：「王佐才也。」永漢元年，舉孝廉，拜守宮令。董卓之亂，求出補吏①。除亢父令②，遂棄官歸，謂父老曰：「潁川，四戰之地也，天下有變，常爲兵衝③，宜亟去之，無久留。」鄉人多懷土猶豫，會冀州牧同郡韓馥遣騎迎之，莫有隨者，彧獨將宗族至冀州。而袁紹已奪馥位，待彧以上賓之禮。彧弟諶及同郡辛評、郭圖，皆爲紹所任。彧度紹終不能成大事，時太祖爲奮武將軍，在東郡，初平二年，彧去紹從太祖。太祖大悅曰：「吾之子房也。」以爲司馬，時年二十九。是時，董卓威陵天下④，太祖以問彧，彧曰：「卓暴虐已甚，必以亂終，無能爲也。」卓遣李傕等出關東，所過虜略，至潁川、陳留而還。鄉人留者多見殺略。明年，太祖領兗州牧，後爲鎮東將軍，彧常以司馬從。

興平元年，太祖征陶謙，任彧留事。會張邈、陳宮以兗州反，潛迎呂布⑤。布既至，邈乃使劉翊告彧曰：「呂將軍來助曹使君擊陶謙，宜亟供其軍食。」衆疑惑。彧知邈爲亂，即勒兵設備，馳召東郡太守夏侯惇，而兗州諸城皆應布矣。時太祖悉軍攻謙，留守兵少，而督將大吏多與邈、宮通謀。惇至，其夜誅謀叛者數十人，衆乃定。豫州刺史郭貢帥衆數萬來至城下，或言與呂布同謀，衆甚懼。貢求見彧，彧將往。惇等曰：「君，一州鎮也，往必危，不可。」彧曰：「貢與邈等，分非素結也，今來速，計必未定；及其未定説之，縱不爲用，可使中立，若先疑之，彼將怒而成計。」貢見彧無懼意，謂鄄城未易攻，遂引兵去。又與程昱計，使説范、東阿，卒全三城，以待太祖。太祖自徐州還擊布濮陽，布東走。二年夏，太祖軍乘氏，大饑，人相食。

荀彧

荀彧，字文若，三國時曹操旗下名臣，有「王佐之才」。其懷有良策，唯才是舉，深得曹操賞識。官至漢侍中，守尚書令，謚曰敬侯。

注釋　①補：委任官職。②除：拜官授職。③兵衡：用兵的要衡。④威：權勢，力量。陵：凌駕。⑤潛：暗中。

譯文　荀彧字文若，是潁川潁陰人。他的祖父是荀淑，字季和，曾做過朗陵令。在漢順帝、漢桓帝之間，是當時的名士。共有八個兒子，在當時稱爲八龍。他的父親荀緄，曾做過濟南的相。他的叔父荀爽，做過司空。

荀彧年輕時，南陽人何顒很欣賞他，何顒説：「荀彧是輔佐帝王的人才。」永漢元年，舉薦他做孝廉，任命他做守宮令。董卓叛亂時，要求他出任地方官。他被任命爲亢父縣的縣令，于是棄官回到家裏了，他對父老鄉親説：「潁川是四面受敵的地方也，天下要是有變亂發生，首先受到衝擊，咱們應該快快臣松之以爲益知官渡之役，不得云兵不滿萬也。

離開，不要長久地留在這裏。」鄉里的人都很懷念故土不想離開，恰巧趕上冀州牧來自同郡的人韓馥派人來迎接他們，卻沒有一個人願意跟着去，他衹帶領着宗族到了冀州。這時候，袁紹奪下了韓馥的官位，袁紹用接待上等賓客的禮節接待了荀彧。他的弟弟荀諶還有同郡的辛評、郭圖，都被袁紹重用了。但是考慮到袁紹最終成不了大事，這時候，太祖擔任奮武將軍，駐守在東郡，初平二年，荀彧離開了袁紹跟隨了太祖。太祖非常高興地說：「你是我的張子房啊。」任命他做司馬，那時候他才二十九歲。正在這時候，董卓靠他的勢力威懾天下，太祖因此詢問荀彧，荀彧說：「董卓生性很暴虐，最終會造成禍亂，自取滅亡的，成不了大氣候的。」董卓派李傕等出關東，所經過的地方都遭到了掠奪，等他們到了潁川、陳留才回來。潁川留下的百姓都被殺光了。第二年，太祖擔任兗州牧，後來擔任鎮東將軍，荀彧常常以司馬的身份跟隨在太祖的身邊。

興平元年，太祖征伐陶謙，讓荀彧管理留守的事務。這時候正趕上張邈、陳宮在兗州造反，他們暗中迎接呂布。等到呂布一來，張邈就派劉翊報告荀彧說：「呂將軍來幫助曹使君攻打陶謙，應該立刻給他供給軍糧。」大家都十分不解。荀彧知道張邈要造反，立即率領軍隊設置防備，派快馬召見東郡

太守夏侯惇來援助，可是兗州各個城都響應呂布了。這時，太祖帶領全部軍隊攻打陶謙，留守的兵力很少，而且督戰的將領和主要官多數和張邈、陳宮暗中勾結。夏侯惇來到後，當夜就誅殺了謀叛人達數十人，于是部隊才安定了下來。豫州刺史郭貢帶領好幾萬的人馬來到了城下，有人說郭貢要和呂布一起謀反，大家都很惶恐。郭貢要求見荀彧，荀彧打算前去見他。夏侯惇說：「您可是一州的州長，您要去一定有危險，千萬不能去。」荀彧說：「郭貢和張邈這些人，不是一開始就勾結，現在他這麼着急來，肯定還沒來得及拿定主意；趁着他的主意還沒拿定的時候勸說他，即使不能利用他，還可以讓他保持中立，要是現在就懷疑他，那麼他會一生氣拿定主意了。」郭貢看見荀彧沒有一點害怕的意思，他認爲鄄城不那麼容易攻打，于是帶領軍隊回去了。荀彧又和程昱商量，讓他去勸說范縣、東阿縣，最終保全了這三城，等待太祖回來。太祖從徐州返回來在濮陽攻打呂布，呂布向東逃跑了。第二年夏天，太祖駐軍乘氏縣，當地發生了重大的災荒，甚至出現了人吃人的現象。

原文 陶謙死，太祖欲遂取徐州，還乃定布。彧曰：「昔高祖保關中，光武據河內，皆深根固本以制天下，進足以勝敵，退足以堅守①，故雖有

困敗而終濟大業②。將軍本以兗州首事，平山東之難，百姓無不歸心悅服。且河、濟③，天下之要地也，今雖殘壞，猶易以自保，是亦將軍之關中、河內也，不可以不先定。今以破李封、薛蘭，若分兵東擊陳宮，宮必不敢西顧，以其間勒兵收熟麥，約食畜穀，一舉而布可破也。破布，然後南結揚州，共討袁術，以臨淮、泗。若捨布而東，多留兵則不足用，少留兵則民皆保城，不得樵采④。布乘虛寇暴，民心益危，唯鄄城、范、衛可全，其餘非己之有，是無兗州也。若徐州不定，將軍當安所歸乎？且陶謙雖死，徐州未易亡也。彼懲往年之敗，將懼而結親，相為表裏。今東方皆以收麥，必堅壁清野以待將軍⑤，將軍攻之不拔，略之無獲，不出十日，則十萬之衆未戰而自困耳。前討徐州，威罰實行，其子弟念父兄之恥，必人自為守，無降心，就能破之，尚不可有也。夫事固有棄此取彼者，以大易小可也，以安易危可也，權一時之勢，不患本之不固可也。今三者莫利，願將軍熟慮之。」太祖乃止。大收麥，復與布戰，分兵平諸縣。布敗走，兗州遂平。

注釋 ①以：憑借，依靠。②濟：成功，成就。③河、濟：黃河與濟水流域。④樵采：砍柴拾草。⑤清野：清除郊野，把糧食收藏起來，使敵人掠奪不到物資，是一種對待優勢敵人入侵的作戰方法。

譯文 陶謙死後，太祖想馬上攻打徐州，等到回去再平定呂布。荀彧說：「從前漢高祖保住關中，光武帝依據河內，這些地方都是可以建立牢固的根基取得天下的，前進能夠戰勝敵人，後退還可以堅持防守，即使有一些困難失敗，最終還是能成大業的。將軍您本來是憑借兗州首先起義的，平定了山東的災難，百姓沒有不心甘情願歸順您的。並且黃河、濟水，這

曹孟德大破呂布

建安三年，曹操東征徐州，中呂布「火燒曹操」之計。荀彧獻策要曹操將計就計，假裝中計已死。呂布以為計謀得逞，立即點起軍馬，殺奔馬陵山來。剛到曹操軍營前，伏兵四起，呂布大敗。

樣的地方是天下的要害，現在雖然被破壞，但還可以憑借它求得自保，這也是將軍的關中、河內啊，不可以不先平定這些地方的。現在已經打敗了李封、薛蘭，要是兵分幾路分頭向東攻打陳宮，陳宮一定不敢顧及西面，就在這一段時間裏派士兵去收割熟了的麥子，節約糧食儲存穀物，這一舉動就能打垮呂布。打敗了呂布之後，然後再向南聯合揚州，一起討伐袁術，這樣可以控制淮水、泗水。要是放下呂布向東進軍啊，多留下一些兵力那麼部隊就不夠用，少留一些兵那麼全民就得出來保城，沒有時間外出打柴拾草了。呂布會乘虛攻城，殘暴百姓，民心就更加不穩，衹有鄄城、范縣、衛縣可以保全，其他的州縣就不會屬于咱們了，因此也就失掉兗州了。要是徐州還不能被平定，將軍還有什麼地方可以回呢？並且陶謙雖然死了，徐州還是不容易被攻破。他們吸取了往年戰敗的教訓，由于害怕他們一定會相互團結在一起，內外援助，相互接應。現在東方都在忙着收割麥子，一定會堅壁清野等待將軍的到來，將軍要是攻打他們取不得勝利，那麼就沒有任何收獲，不到十天的工夫，十萬的軍隊不用交戰就會疲憊不堪的。以前討伐徐州，對軍隊實行了威嚴的懲罰，那裏的百姓會想到自己的父親兄弟受到的恥辱，一定會主動去防守的，他們不會有投降的想法，就是能打敗他們，也是不能占有這個地方

的。因此任何事情都有放棄這個得到那個的道理，拿大的來交換小的是可以的，要是拿安全的來交換不安全的是很危險的，權衡一時的形勢，一定要擔憂根本還沒有穩固啊。現在這三方面都沒有好處，希望您仔細考慮清楚了。」太祖于是打消了這個念頭。大力收割麥子，後來又與呂布交戰，分兵幾路平定了各縣。呂布被打敗後逃跑了，兗州于是也被平定了。

【原文】**建安元年，太祖擊破黃巾。漢獻帝自河東還洛陽。太祖議奉迎都許，或以山東未平，韓暹、楊奉新將天子到洛陽，北連張楊，未可卒制①。彧勸太祖曰：「昔晉文納周襄王而諸侯景從，高祖東伐爲義帝縞素而天下歸心②。自天子播越，將軍首唱義兵，徒以山東擾亂，未能遠赴關右，然猶分遣將帥，蒙險通使③，雖禦難于外，乃心無不在王室，是將軍匡天下之素志也④。今車駕旋軫，東京榛蕪，義士有存本之思，百姓感舊而增哀。誠因此時，奉主上以從民望，大順也；秉至公以服雄傑，大略也；扶弘義以致英俊⑤，大德也。天下雖有逆節，必不能爲累，明矣。韓暹、楊奉其**

敢爲害！若不時定，四方生心，後雖慮之，無及。」太祖遂至洛陽，奉迎天子都許。天子拜太祖大將軍，進彧爲漢侍中，守尚書令。常居中持重，太祖雖征伐在外，軍國事皆與彧籌焉。太祖問彧：「誰能代卿爲我謀者？」彧言：「荀攸、鍾繇。」先是，彧言策謀士，進戲志才。志才卒，又進郭嘉。太祖以彧爲知人，諸所進達皆稱職，唯嚴象爲揚州，韋康爲涼州，後敗亡。

注釋 ①卒：通「猝」，突然。②縞素：白色的喪服。縞、素都是白色的生絹。③蒙：冒，遭受。④匡：扶正。⑤致：招徠。

譯文 建安元年（公元一九六年），太祖一舉攻破了黃巾軍。漢獻帝從河東回到了洛陽。太祖商量迎接漢獻帝並且遷都到許昌，有人認爲山東還沒有被平定，韓暹、楊奉最近把天子送到洛陽，北面聯合張楊，還沒有完全控制局勢。荀彧勸告太祖說：「從前晉文王接待了周襄王返回王城，諸侯就像影子一樣忠實地跟隨着他，以前漢高祖向東討伐征討項羽，爲義帝穿白戴孝，因此收服了天下人的心。自從天

子流亡在外，將軍首先倡導義兵，衹是因爲山東地區的擾亂，沒能到關中、隴右這麼遠的地方，但是還是分別派了將帥，冒着危險和朝廷取得聯繫，雖然在外面抵抗暴亂，但是心裏還是每時每刻都忠實于王室的，這也是將軍您匡扶天下的願望。現在皇上車駕回到了京城，東京已經荒蕪了，雜草叢生，義士都有保存朝廷根本的想法，百姓都會懷念先前的君主更加感傷。您應該在這個時候，擁戴皇上回城，以此來順應民心，這實在是再好不過的了；主持公正就能使英雄豪傑歸順您，這是極好的謀略啊；通過匡扶大義能夠吸引來更多的優秀人才，這才是最大的德行啊。天下雖然還有叛亂，一定不會牽累到咱們，這是很明顯的。韓暹、楊奉他們哪裏還敢作亂呢！要是不及時平定叛亂，各地都產生了叛離的想法，事後雖然能想到這些，但也是沒法挽救的了。」太祖于是到了洛陽，迎接天子並遷都到許昌。天子給太祖授官爲大將軍，晉升荀彧擔任漢侍中，代理尚書令。荀彧經常在朝中處理重要的事務，太祖雖然在外面征伐，軍國大事都和荀彧一起商量。太祖問荀彧：「誰能代替你和我商量謀略呢？」荀彧說：「荀攸、鍾繇都可以。」在這之前，荀彧談到能夠出謀策劃的人，他向太祖推薦過戲志才。戲志才死了，又向太祖推薦了郭嘉。太祖認爲他很知人善用，他所推薦的人都很稱職，衹有嚴象擔任揚州刺史，韋康擔任涼州刺史，

後來這兩個人都戰敗死在戰場上。

郭嘉

郭嘉，字奉孝，曹操麾下奇才。其人「少有遠量」，「自弱冠匿名跡，密交結英雋」。初歸袁紹，後見袁紹「多端寡要，好謀無決」，遂受荀彧的推薦，歸向曹操，並深得曹操器重。

原文

自太祖之迎天子也，袁紹內懷不服①。紹既併河朔②，天下畏其強。太祖方東憂呂布，南拒張繡，而繡敗太祖軍于宛。紹益驕，與太祖書，其辭悖慢。太祖大怒，出入動靜變于常，衆皆謂以失利于張繡故也。鍾繇以問彧，彧曰：「公之聰明，必不追咎往事，殆有他慮。」則見太祖問之，太祖乃以紹書示彧，曰：「今將討不義，而力不敵，何如？」彧曰：「古之成敗者，誠有其才，雖弱必強，苟非其人，雖強易弱，劉、項之存亡，足以觀矣。今與公爭天下者，唯袁紹爾。紹貌外寬而內忌，任人而疑其心，公明達不拘，唯才所宜，此度勝也。紹遲重少決③，失在後機④，公能斷大事，應變無方⑤，此謀勝也。紹御軍寬緩，法令不立，士卒雖衆，其實難用，公法令既明，賞罰必行，士卒雖寡，皆爭致死，此武勝也。紹憑世資，從容飾智，以收名譽，故士之寡能好問者多歸之，公以至仁待人，推誠心不爲虛美，行己謹儉，而與有功者無所吝惜，故天下忠正效實之士咸願爲用，此德勝也。夫以四勝輔天子，扶義征伐，誰敢不從？紹之強其何能爲！」太祖悅。彧曰：「不先取呂布，河北亦未易圖也。」太祖曰：「然。吾所惑者，又恐紹侵擾關中，亂羌、胡，南誘蜀漢，是我獨以兗、豫抗天下六分之五也。爲將奈何？」彧曰：「關中將帥以十數，莫能相一，唯韓遂、馬超最強。彼見山東方爭，必各擁衆自保。今若撫以恩德，遣使連和，相持雖不能久安，比公安定山東，足以不動。鍾繇可屬以西事。則公無憂矣。」

注釋

①懷：懷有。②河：黃河。朔：北方。③遲重：遲疑，猶豫。④後機：錯過時機。⑤無方：沒有固定的程式。

譯文

自從太祖迎接天子回來，袁紹心裏就對他不服。袁紹已經兼併了黃河以北的地區，天下都很害怕他的強大。太祖正擔心盤踞東方的呂布，南邊還要抵抗張繡，張繡在宛縣打敗了太祖的軍隊。袁紹更加驕橫了，他給太祖寫信，裏邊的措辭非常傲慢無禮。太祖非常憤怒，連行爲舉止都和平常不一樣了，大家都認爲他是因爲和張繡打仗失敗的緣故。鍾繇問荀彧這件事，荀彧說：「曹公那麼聰明，一定不是爲過去的事情悔恨的，肯定還會有其他的顧慮。」于是他們拜見太祖並問起了這件事，太祖于是把袁紹寫的信拿給他看。太祖說：「我現在就想討伐這個不義的人，可是力量又打不過他，應該怎麼辦呢？」荀彧說：「自古以來較量勝敗的人，都是很有才能的，表面上看起來弱但實際上很強大，如果不是那樣的人，即使開始時很強大，最終也會變得很弱小的，從劉邦、項羽的存亡，我們就能看出來。現在那些和您爭奪天下的人，衹是袁紹一個人。袁紹這個人外表看起來很寬宏大量，但是內心卻很狹窄，他重用別人卻懷疑這個人，您卻明智通達，不拘泥于小節，衹要有才能就任用這個人，您

在氣度上就超過了袁紹啊。袁紹做事喜歡猶豫不決，容易失去時機，您卻能當機立斷，懂得隨機應變，在謀略上也超過他了。袁紹治理軍隊鬆垮，法令都沒有確立，雖然人數很多，但是不能被重用，您制定了嚴明的法令，賞罰一定要兌現，兵士雖然少點，可是都能爲您效力去死，這在武力上就超過了他。袁紹憑借祖宗傳下來的資本，舉止裝得很有智慧，用來騙得好名聲，因此歸順他的人都是沒有眞實才能衹是喜歡好聲譽的人，您卻盡您的仁愛之心對待身邊的人，是靠的誠心，不是虛名，自己辦事謹慎，非常節約，可是對那些有功的人卻賞賜豐厚，所以天下忠誠、正直注重實際的人都願意被您重用，這是在德行上超過了袁紹。您靠着着四方面的優勢去輔佐天子，扶持正義，討伐叛臣，誰能不聽從您的呢？袁紹再強大又有什麼用呢！」太祖于是非常高興。荀彧說：「不首先攻打呂布，黃河以北也不是那麼好拿下的。」太祖說：「我也是這麼想的。我所擔心的是，怕袁紹侵擾關中，勾結羌、胡作亂，向南誘使蜀漢，那樣的話我就衹能靠兗州、豫州抵抗天下六分之五了。那我該怎麼辦呢？」荀彧說：「關中將帥有好幾十人，沒有人能夠統一起來，衹有韓遂、馬超最強大。他們看到山東正在征戰，肯定會各自擁兵保全自己。現在您要是用恩德來安撫他們，派使者和他們連和，即使不能維持長久的安定，

等到您安定山東的時候，還能保證他們不行動。鍾繇可以去辦西邊的事情。您不要憂慮這件事了。」

原文

三年，太祖既破張繡，東禽呂布，定徐州，遂與袁紹相拒。孔融謂彧曰：「紹地廣兵強；田豐、許攸，智計之士也，爲之謀；審配、逢紀，盡忠之臣也，任其事；顏良、文醜，勇冠三軍，統其兵：殆難克乎！」彧曰：「紹兵雖多而法不整。田豐剛而犯上，許攸貪而不治。審配專而無謀，逢紀果而自用①，此二人留知後事②，若攸家犯其法，必不能縱也，不縱，攸必爲變。顏良、文醜，一夫之勇耳，可一戰而禽也。」五年，與紹連戰。太祖保官渡，紹圍之。太祖軍糧方盡，書與彧，議欲還許以引紹③。彧曰：「今軍食雖少，未若楚、漢在滎陽、成皋間也。是時劉、項莫肯先退，先退者勢屈也。公以十分居一之衆，畫地而守之，扼其喉而不得進，已半年矣。情見勢竭，必將有變，此用奇之時，不可失也。」太祖乃住。遂以奇兵襲紹別屯，斬其將淳于瓊等，紹退走。審配以許攸家不法，收其妻子，攸怒叛紹；顏良、文醜臨陣授首；田豐以諫見誅：皆如彧所策。

注釋

①果：果斷。自用：自恃聰明辦事不聽別人勸告。②後事：後方的事務。③引：引退。

譯文

建安三年（公元一九八年），太祖已經攻下了張繡，向東捉拿了呂布，並且平定了徐州，于是才和袁紹交戰。孔融對荀彧說：「袁紹的領地廣大兵力強大；田豐、許攸，這些足智多謀的人爲他出謀劃策；審配、逢紀，這些忠誠于主子的人爲他效力；顏良、文醜，在三軍中是最爲勇猛的人，讓他們來統領袁紹的軍隊，實在是難以攻克的！」荀彧說：「袁紹的兵力雖然多但是他的軍紀不行啊。田豐這個人性格剛烈好冒犯主上，許攸這個人貪財卻不知道約束自己。審配專橫卻沒有

孔融

孔融，東漢文學家，魯國人，字文舉，少時成名。孔融生值漢室之亂，一生「負其高氣，志在靖難，而才疏意廣，迄無成功」。終因鋒芒太露而不見容于當權者。

謀略，逢紀這個人剛愎自用，不聽別人意見，讓這兩個人留守來主持後方的事務，如果許攸觸犯了法規，一定不會放過他，一定要懲罰的話，許攸就會發生叛亂。顏良、文醜這兩個人，都是有勇無謀的人，衹要一交戰就能把他們拿下的。」建安五年（公元二〇〇年），曹操和袁紹接連交戰。太祖在官渡自保，袁紹包圍了太祖。太祖的軍糧已經快吃完了，他寫信給荀彧，打算想回到許都來引退袁紹。荀彧說：「現在軍糧雖然缺少，但還和楚、漢軍隊在滎陽、成皋那裏的情況不一樣。那時候劉邦、項羽都不想先撤退，誰先撤退誰就占劣勢。您現在以十分之一的兵力抗拒袁紹，卡住敵人的咽喉使他不能動已經半年了。現在的形勢出現了衰竭的現象，一定會有變化發生的，這是運用奇兵的時機啊，一定堅持住，不能失去好的機會啊。」太祖于是打消了這個念頭。于是用奇兵在別屯偷襲袁紹，把他的大將淳于瓊等斬首，袁紹敗退逃跑了。審配以許攸家不守法爲理由，把他的妻子和兒女都逮捕了，許攸一怒之下叛變了袁紹；顏良、文醜臨陣被殺；田豐因爲勸諫袁紹被殺了：一切都像荀彧所說的那樣。

原文

六年，太祖就穀東平之安民①，糧少，不足與河北相支，欲因紹新破②，以其閒擊討劉表。彧曰：「今紹敗，其衆離心，宜乘其困③，遂定之；而背兖、豫，遠師江、漢，若紹收其餘燼，承虛以出人後，則公事去矣。」太祖復次于河上。紹病死。太祖渡河，擊紹子譚、尚，而高幹、郭援侵略河東，關右震動，鍾繇帥馬騰等擊破之。語在繇傳。八年，太祖錄彧前後功，表封彧爲萬歲亭侯。九年，太祖拔鄴，領冀州牧。或說太祖：「宜復古置九州④，則冀州所制者廣大，天下服矣。」太祖將從之，彧言曰：「若是，則冀州當得河東、馮翊、扶風、西河、幽、并之地，所奪者衆。前日公破袁尚，禽審配，海內震駭，必人人自恐不得保其土地，守其兵衆也；今使分屬冀州，將皆動心。且人多說關右諸將以閉關之計；今聞此，以爲必以次見奪⑤。一旦生變，雖有守善者，轉相脅爲非，則袁尚得寬其死，而袁譚懷貳，劉表遂保江、漢之間，天下未易圖也。願公急引兵先定河北，然後修復舊京，南臨荆州，責貢之不入，則天下咸知公意，人人自安。天下大定，乃議古制，此社稷長久之利也。」太祖遂寢九州議。

注釋 ①就穀：就食。移兵到糧食多的地方，就能使軍隊獲得足够的供給。②因：利用，憑借。③宜：應該，應當。④制：管轄。⑤以次：依次。

譯文 建安六年（公元二〇一年），太祖爲取得供養把軍隊調到東平的安民，由于糧食很少，不能夠和黃河以北的敵人相持久，所以打算利用袁紹剛被打敗的形勢，趁這個時機討伐劉表。荀彧說：「現在袁紹被打敗了，他已經衆叛親離了，應該趁着這個好時機，趕緊把他給平定了；但是一旦離開兖州、豫州，率領部隊遠征長江、漢水這些地方，要是這個時候袁紹重新整合起以前的部隊，趁虚進入我們的後方，那麼您的大事就沒希望了。」太祖又在河上駐軍。袁紹得了病去世了。太祖渡過黃河，奮力攻擊袁紹的兒子袁譚、袁尚，這個時候，高幹、郭援侵犯河東，關西動蕩，鍾繇帶領馬騰等把他們給攻破了。這事在《鍾繇傳》中有記載。建安八年，太祖記錄了荀彧前後所立的戰功，上表給皇上封他做萬歲亭侯。建安九年，太祖拿下了鄴城，兼任冀州牧。有人勸說太祖：「應該恢復古代設置的九州，那麼冀州所能管轄的地方就擴大了，天下就容易歸降了。」太祖打算聽從這個建議，荀彧說：「要是這樣的話，那麼冀州就應該得到河東、馮翊、扶風、西河、幽州、并州的地盤，所要取得的地方太

大了。目前您衹是打敗了袁紹，活捉了審配，全國的人都感到震驚，一定會有人擔心不能保住自己的地盤，擁有自己的軍隊；要是現在就使他們分別歸屬于冀州，那麼人心就很惶恐。而且現在很多人在勸說關西的將領們采取閉關自守的政策；現在要是聽說這件事，都會認爲他們會被您逐一奪下了。一且有變故發生，即使有堅持善良的，也會因爲受到壓迫轉過來幹壞事的，那麼袁尚就能延長他死亡的時間，而袁譚就會懷有二心，劉表于是就能在長江、漢水之間保存實力，天下也就不容易得到了。現在我希望您帶領軍隊先快速平定黃河以北，然後再恢復原來的京都洛陽，向南平定荊州，譴責劉表不向天子朝貢，那麼天下的人都知道您的心願了，人心就會得到穩定。等到天下太平了以後，那時候再商議恢復九州的古制，這纔是爲國家長遠打算的計謀啊。」太祖于是把九州的建議放在一邊了。

原文 是時荀攸常爲謀主①。彧兄衍以監軍校尉守鄴，都督河北事。太祖之征袁尚也，高幹密遣兵謀襲鄴，衍逆覺②，盡誅之，以功封列侯。太祖以女妻彧長子惲，後稱安陽公主。彧及攸並貴重，皆謙沖節儉③，祿賜散之宗族知舊④，家無餘財。十二年，復增彧邑千戶，合二千戶。

《荀氏家傳》曰：「衍字休若，彧第三兄。彧第四兄諶，字友若，事見《袁紹傳》。」

太祖將伐劉表，問彧策安出，彧曰：「今華夏已平，南土知困矣。可顯出宛、葉而間行輕進，以掩其不意。」太祖遂行。會表病死，太祖直趣宛、葉如彧計，表子琮以州逆降。

十七年，董昭等謂太祖宜進爵國公，九錫備物，以彰殊勛，密以諮彧。彧以爲太祖本興義兵以匡朝寧國，秉忠貞之誠，守退讓之實⑤；君子愛人以德，不宜如此。太祖由是心不能平。會征孫權，表請彧勞軍于譙，因輒留彧，以侍中光祿大夫持節，參丞相軍事。太祖軍至濡須，彧疾留壽春，以憂薨，時年五十。謚曰敬侯。明年，太祖遂爲魏公矣。

注釋　①謀主：主謀的人。②逆：預先猜。③謙沖：謙虛。沖，虛。④知舊：相識的舊朋友。⑤守：保持。

譯文　這時候荀攸是太祖最主要的謀士。他的哥哥荀衍以監軍校尉的身份駐守鄴城，管理黃河以北的事務。太祖討伐袁尚的時候，高幹秘密派兵想偷襲鄴城，荀衍事先覺察出來了，把他們都誅殺了，

獻荊州粲說劉琮

因爲這次戰功他被封爲列侯。太祖把自己的女兒嫁給荀彧的長子荀惲做妻子，他妻子後來被稱爲安陽公主。荀彧和荀攸都是官位顯赫、權力重要的人，但是他們爲人都非常謙和、節儉，他們的俸祿都賞賜或者分給同宗族和部下了，家裏沒有什麼多餘的財物。建安十二年，曹操又爲荀彧增加了食邑千戶，一共合計食邑爲二千戶。

太祖要討伐劉表，問荀彧應該采用什麼計策，荀彧說：「現在中原已經被平定了，南方的占領者已經知道自己的困難了。現在可以公開地向宛縣、葉縣地區出兵了，可以抄小路輕裝上陣，偷襲他們出其不意。」太祖于是采納了他的計策。這時候正好趕上劉表得病去世了，太祖于是直接趕往宛縣、葉縣，一切按照荀彧說的去做，劉表的兒子劉琮在荊州投降了。

建安十七年（公元二一二年），董昭等對太祖說他應該給自己晉升爵位爲國公，置辦了九錫的物件，用來表彰曹操的特殊的功勞，曹操暗中問荀彧的意見。荀彧認爲太祖本來就是爲了匡扶國家才成立了義軍，應該懷着對國家忠誠的心意，知道保持退讓的行動的；君子應該靠高尚的品德去仁愛別人，不應該這樣做。太祖因爲這件事心裏很不平。正趕上討伐孫權，太祖上表請求讓荀彧去譙縣慰勞軍隊，他找機會把荀彧留在那裏了，憑借侍中光祿大夫的身份拿着符節，參與丞相府裏的軍事事務。太祖的軍隊到達了濡須，荀彧得了病留在了壽春，因爲長期憂鬱去世了，死時才五十歲。謚號是敬侯。第二年，太祖被封爲魏公。

原文

子惲，嗣侯，官至虎賁中郎將。初，文帝與平原侯植並有擬論，文帝曲禮事彧。及彧卒，惲又與植善，而與夏侯尚不穆①，文帝深恨惲。惲早卒，子甝、霬，以外甥故猶寵待。惲弟俁，御史中丞，俁弟詵，大將軍從事中郎，皆知名，早卒。詵弟顗，咸熙中爲司空。惲子甝嗣，爲散騎常侍，進爵廣陽鄉侯，年三十薨。子頵嗣。霬官至中領軍，薨，謚曰貞侯，

追贈驃騎將軍。子愷嗣。霬妻，司馬景王、文王之妹也，二王皆與親善。咸熙中，開建五等，霬以著勛前朝，改封愷南頓子。

荀攸字公達，彧從子也。祖父曇，廣陵太守。攸少孤。及曇卒，故吏張權求守曇墓。攸年十三，疑之，謂叔父衢曰：「此吏有非常之色②，殆將有奸③！」衢寤，乃推問④，果殺人亡命。由是異之。何進秉政，徵海內名士攸等二十餘人。攸到，拜黃門侍郎。董卓之亂，關東兵起，卓徙都長安。攸與議郎鄭泰、何顒、侍中种輯、越騎校尉伍瓊等謀曰：「董卓無道⑤，甚于桀紂，天下皆怨之，

荀攸

荀攸，字公達，是荀彧的侄子。他的祖父荀曇，是廣陵太守。何進執政時荀攸爲黃門侍郎，董卓叛亂，荀攸密議殺之未遂被捕，董卓死後被赦免，辭官回家，後又被召進公府，政績卓著。曹操征伐呂布時，荀攸與郭嘉獻計活捉呂布，曹操上奏朝廷封其爲陵樹亭侯。

《荀氏家傳》曰：「曇字元智。兄昱，字伯脩。」

雖資強兵，實一匹夫耳。今直刺殺之以謝百姓，然後據郩、函，輔王命，以號令天下，此桓文之舉也。」事垂就而覺，收顒、攸繫獄，顒憂懼自殺，攸言語飲食自若，會卓死得免。棄官歸，復闢公府，舉高第，遷任城相，不行。攸以蜀漢險固，人民殷盛，乃求爲蜀郡太守，道絕不得至，駐荆州。

注釋 ①穆：和睦。②非常：不正常。③奸：邪惡，奸詐。④推問：推究，追問。⑤無道：不合道義，倒行逆施。

譯文 荀彧的兒子荀惲，繼承了父親的侯爵，官至虎賁中郎將。當初，魏文帝和平原侯曹植都有被確立爲太子的擬論，文帝用超出荀彧身份的禮節對待他。等到荀彧死後，他的兒子荀惲卻和曹植很友好，但是他和夏侯尚不和睦，文帝對荀惲非常怨恨。荀惲很年輕就去世了，留下了兩個兒子叫荀甝和荀寓，因爲他們是文帝外甥的緣故受到了不一般的寵愛。荀惲的弟弟荀俁，做了御史中丞，荀俁的弟弟荀詵，擔任大將軍從事中郎，在當時他們都很有名望，早年去世。荀詵的弟弟荀顗，在咸熙年擔任司空的職務。荀惲的兒子荀甝，繼承了父親的散騎常侍的官位，進爵爲廣陽鄉侯，三十歲的時候就去世了。他的兒子荀頵繼承了爵位。荀寓官至中領軍，荀寓死後諡號爲貞侯，追贈他爲驃騎將軍。他的兒子荀愷繼承了父業。荀寓的妻子，是司馬景王、文王的妹妹，這兩個王對他都很好。咸熙中年，開始建立五等爵位，荀寓因爲對前朝的建立立下了很大的功勞，改封荀愷爲南頓子。

荀攸字公達，是荀彧的侄子。他的祖父荀曇，是廣陵太守。荀攸很小的時候父親就去世了。等到祖父荀曇去世了，荀曇原先手下的官吏張權要求爲荀曇守墓。荀攸那一年正好十三歲，他很疑惑這件事，對叔父荀衢說：「這個人的臉色不好，恐怕他會使詐！」荀衢頓時醒悟了，于是對他進行追查詢問，這個

曹植

曹植，字子建，沛國人。三國曹魏著名文學家，建安文學代表人物。魏武帝曹操之子，魏文帝曹丕之弟，生前曾爲陳王，去世後謚號「思」，因此又稱陳思王。後人因他文學上的造詣而將他與曹操、曹丕合稱爲「三曹」。

人果然是殺了人正在逃命。他于是對荀攸另眼相看了。何進執掌政權時，徵召了像荀攸這樣全國有名的人士等二十多人。等到荀攸到任的時候，授予他黃門侍郎的職務。董卓叛亂時，關東兵起義，董卓把都城遷到長安。荀攸和議郎鄭泰、何顒、侍中种輯、越騎校尉伍瓊等一起出謀劃策道：「董卓沒有人道，比夏桀、商紂王還要厲害，天下都很怨恨他，現在他雖然憑借着強大的兵力，實際上衹是個武夫罷了。現在我們直接把他殺了向天下的百姓謝罪，然後憑借着殽山、函谷關，一起來輔佐王命，命令天下的人，這是齊桓公、晉文公的舉動啊。」事情快被實施的時候被發覺了，董卓逮捕了何顒、荀攸，並把他們打入大牢。何顒非常害怕就自殺了，但是荀攸卻像正常一樣說話、吃飯，等到董卓死了的時候他被赦免了。于是他辭官回到家裏，後來他又被召進公府，他的政績很高，後來升爲任城的丞相，他沒有去上任。荀攸認爲蜀漢這個地方非常艱險穩固，人民非常富裕，于是請求做蜀郡太守，由于道路阻隔不能到達，于是他進駐在荊州。

原文

太祖迎天子都許，遺攸書曰：「方今天下大亂，智士勞心之時也，而顧觀變蜀漢，不已久乎①！」于是徵攸爲汝南太守，入爲尚書。太

下邳城曹操鏖兵

建安三年（公元一九八年），曹操從宛縣征伐呂布，等到了下邳城，呂布敗退堅持守住陣地，鏖戰多日，後曹操用荀攸和郭嘉之計，掘開沂水、泗水把下邳城給淹了，活捉了呂布。

祖素聞攸名，與語大悅，謂荀彧、鍾繇曰：「公達，非常人也，吾得與之計事，天下當何憂哉！」以爲軍師。建安三年，從征張繡。攸言于太祖曰：「繡與劉表相恃爲強②，然繡以游軍仰食于表③，表不能供也，勢必離。不如緩軍以待之，可誘而致也；若急之④，其勢必相救。」太祖不從⑤，遂進軍之穰，與戰。繡急，表果救之。軍不利。太祖謂攸曰：「不用君言至是。」乃設奇兵復戰，大破之。

是歲，太祖自宛征呂布，至下邳，布敗退固守，攻之不拔，連戰，士卒疲，太祖欲還。攸與郭嘉說曰：「呂布勇而無謀，今三

戰皆北，其銳氣衰矣。三軍以將爲主，主衰則軍無奮意。夫陳宮有智而遲，今及布氣之未復，宮謀之未定，進急攻之，布可拔也。」乃引沂、泗灌城，城潰，生禽布。

注釋

①已：太，甚。②恃：依賴，依靠。③游軍：無固定防地，流動作戰的軍隊。④急之：使人着急。⑤從：聽從。

譯文

太祖迎奉天子到達都城許昌，他給荀攸寫信說：「現在天下正大亂，也是有才智的人勞心的時候，可是我觀察蜀漢的變化，已經沒多長時間了！」于是徵召荀攸擔任汝南太守，入宮做了尚書。太祖平時就聽說了荀攸的聲名了，和他一交談心裏就十分高興，于是他對荀彧、鍾繇說：「公達，他可不是一般的人才啊，我要是能和他計議國家大事，天下還有什麼可以愁的事情啊！」太祖讓他做了軍師。建安三年（公元一九八年），荀攸跟隨着曹操討伐張繡。荀攸對太祖說：「張繡和劉表都相互依靠勢力才變得強大，但是張繡是帶領着游動的部隊向劉表討一點糧食的，要是劉表不給他供給的話，兩個人一定會產生摩擦的。現在不如減緩行軍速度等待時機，可以誘使他來歸降的；要是急于進軍的話，他們兩個人勢必會相互救助。」太祖不聽從他的意見，向穰縣快速進軍，在那裏和他交戰了。張繡非常着急，劉表果然救了他。曹操的軍事行動非常不順利。太祖對荀攸說：「這是我不用你的計謀才這樣的。」于是又布置了奇兵再次和張繡交戰，把張繡打敗了。

就在這一年，太祖從宛縣征伐呂布，等到了下邳城，呂布敗退堅持守住陣地，曹操攻打呂布卻攻不下，連着戰了好幾天，士兵都十分疲憊了，太祖打算回去。荀攸和郭嘉勸說他道：「呂布雖然很勇猛但是他沒有計謀，現在多次交戰卻都戰敗了，他的銳氣也被挫敗了。三軍以將帥爲主，要是將帥的銳氣消滅了那麼整個軍隊也就沒有鬥志了。至于陳宮他雖然有智慧但是行動遲緩，現在趁着呂布的銳氣還沒有恢復，陳宮還沒定下什

徐晃

徐晃，字公明，爲「五子良將」之一，跟隨曹操四處征戰，于延津率兵擊殺文醜，于官渡率兵截燒糧草，守漢中時大敗蜀將，戰功卓著，爲後人稱頌。

麼計謀，應該快速攻打他們，呂布就可以被打敗了。」于是曹操掘開沂水、泗水把下邳城給淹了。下邳城被沖破了，曹操活捉了呂布。

原文

後從救劉延于白馬，攸畫策斬顏良。語在武紀。太祖拔白馬還，遣輜重循河而西①。袁紹渡河追，卒與太祖遇②。諸將皆恐，說太祖還保營，攸曰：「此所以禽敵，奈何去之！」太祖目攸而笑③。遂以輜重餌賊，賊競奔之，陳亂④。乃縱步騎擊，大破之，斬其騎將文醜，太祖遂與紹相拒于官渡。軍食方盡，攸言于太祖曰：「紹運車旦暮至，其將韓莫銳而輕敵，擊可破也。」太祖曰：「誰可使？」攸曰：「徐晃可。」乃遣晃及史渙邀擊破走之⑤，燒其輜重。會許攸來降，言紹遣淳于瓊等將萬餘兵迎運糧，將驕卒惰，可要擊也。衆皆疑。唯攸與賈詡勸太祖。太祖乃留攸及曹洪守。太祖自將攻破之，盡斬瓊等。紹將張郃、高覽燒攻櫓降，紹遂棄軍走。郃之來，洪疑不敢受，攸謂洪曰：「郃計不用，怒而來，君何疑？」乃受之。

注釋

①輜重：軍用物資。循：沿着。②卒：通「猝」，突然。③目：看。④陳：通「陣」，隊伍。⑤邀：中途攔截。

譯文

荀攸後來跟隨着曹操到白馬縣去營救劉延，荀攸爲曹操出了個主意把顏良斬殺了。這件事記在《武帝紀》中。太祖攻下白馬縣回來，命令管理運輸戰資的部隊沿着黃河往西走。袁紹渡過黃河追擊，和太祖相遇了。每個將領都很害怕，勸說太祖回師保護軍營，荀攸說：「這正是捉拿敵人的大好時機，怎麼能回去呢！」太祖用眼睛看着荀攸笑了。于是曹操用軍械等物資來引誘敵人，敵人居然跑着去搶這些東西，隊伍頓時很混亂。曹操于是派遣步兵、騎兵一起來攻打他們，把他們打敗了，斬殺了他們的騎將文醜，太祖于是才和袁紹在官渡這個地方交戰。軍隊的糧食正好快吃完了，荀攸對太祖說：「袁紹運軍糧的車早晚都會來的，他的大將韓莫非常勇猛但是輕敵，衹要攻打就能打敗他們。」太祖說：「那麼誰能去幹這件事呢？」荀攸說：「徐晃就可以。」于是曹操派徐晃和史渙在中途攔下敵人把他們打敗了，把他們的軍用物資車輛燒毀了。這時候正趕上許攸來投降，他說袁紹正派淳于瓊等帶領着一萬多的士兵護送運糧的隊伍，但是袁紹的軍隊將領驕傲、士兵懶散，可以中途攔擊。大家都很疑惑。衹有荀攸和賈詡勸說太祖。太祖于是留下荀攸和曹洪留守。太祖親自帶兵去攻打送糧的軍隊，把將領都斬殺了。袁紹的大將張郃、高覽燒毀了進攻用的望樓之後前來投降了，袁紹于是丟下軍隊獨自逃跑了。張郃前來歸降後，曹洪還懷疑不敢接受，荀攸對曹洪說：「張郃是因爲他的計謀沒有被袁紹采納很生氣才來投奔您的，爲什麽還懷疑他呢？」于是接受了他的投降。

原文 七年，從討袁譚、尚于黎陽。明年，太祖方征劉表，譚、尚爭冀州。譚遣辛毗乞降請救，太祖將許之，以問羣下。羣下多以爲表強，宜先平之，譚、尚不足憂也。攸曰：「天下方有事，而劉表坐保江、漢之間，其無四方志可知矣①。袁氏據四州之地，帶甲十萬，紹以寬厚得衆，借使二子和睦以守其成業②，則天下之難未息也③。今兄弟遘惡④，此勢不兩全。若有所併則力專，力專則難圖也。及其亂而取之，天下定矣，此時不可失也。」太祖曰：「善。」乃許譚和親⑤，遂還擊破尚。其後譚叛，從斬譚于南皮。冀州平，太祖表封攸曰：「軍師荀攸，自初佐臣，無征不從，前後克敵，皆攸之謀也。」于是封陵樹亭侯。十二年，下令大論功行封，太祖曰：「忠正密謀，撫寧內外，文若是也。公達其次也。」增邑四百，並前七百戶，轉爲中軍師。魏國初建，爲尚書令。

注釋 ①四方志：借喻成就大事業的志向。②成業：已成就的事業，現有的基業。③難：災難。④遘惡：構成仇敵。⑤和親：指曹操的兒子娶袁譚的女兒。

譯文 建安七年（公元二〇二年），荀攸跟隨曹操在黎陽討伐袁譚、袁尚。第二年，太祖正準備征討劉表，袁譚、袁尚正在爭奪冀州。袁譚派辛毗向曹操乞求投降並要求曹操給予援救，太祖打算答應他的請求，就這件事問他的臣子。羣下多

兄弟交鋒

《魏書》曰：「時建安十九年，攸年五十八。計其年大或六歲。」

數都認爲劉表很強大，應該先平定他，袁譚、袁尚不值得憂慮。荀攸說：「天下現在正在發生大的變化，可是劉表坐守長江、漢水之間，他心無大志這是大家都知道的。袁氏卻占據着青州、冀州、幽州、并州這四個州，帶領着十萬大軍，袁紹因爲對部下寬厚才受到部下的擁戴，要是這兩個兒子能和睦相處的話，保持住他們現在的基業，那麼天下的災難還是不能停止的。現在他們兄弟兩個相互敵視，肯定不會使兩方都保存下來。要是一方被另一方吞併的話，那麼袁氏的力量就會會聚在一塊了。要是他們的力量集中在一塊，那麼就難以征伐他們了，現在可不能失去這個機會啊。」太祖說：「太好了。」于是就答應了和袁譚實行和親，回過頭來擊敗了袁尚。後來袁譚叛變了，在南皮這個地方曹操斬殺了他。冀州被平定以後，太祖上表要求封荀攸說：「軍師荀攸，自從開始輔佐我，每次征戰都會取勝，前後所攻克的敵人，沒有一個不是靠荀攸的計謀的。」于是封荀攸做陵樹亭侯。建安十二年（公元二〇七年），下令大張旗鼓地論功行賞，太祖說：「爲人忠誠正直，謀劃周密，對內、對外實行安撫的是文若，還有公達。」爲他增加食邑四百戶，連同以前的一共七百戶，後來又轉升他爲中軍師。魏國剛建立的時候，任命他擔任尚書令。

原文

攸深密有智防①，自從太祖征伐，常謀謨帷幄②，時人及子弟莫知其所言。太祖每稱曰：「公達外愚內智，外怯內勇，外弱內強，不伐善③，無施勞④，智可及⑤，愚不可及，雖顏子、甯武不能過也。」文帝在東宮，太祖謂曰：「荀公達，人之師表也，汝當盡禮敬之。」攸曾病，世子問病，獨拜床下，其見尊異如此。攸與鍾繇善，繇言：「我每有所行，反覆思惟，自謂無以易；以咨公達，輒復過人意。」

公達前後凡畫奇策十二，唯繇知之。繇譔集未就，會薨，故世不得盡聞也。攸從征孫權，道薨。太祖言則流涕。

注釋

①智防：才智，智慧。②謀謨：謀劃。③伐善：誇耀自己的長處。④施勞：誇耀自己的功勞。⑤及：够得上。

譯文

荀攸考慮問題深入而且周密，他很有智慧，還知道保守秘密，自從跟隨太祖征伐，他經常在軍帳中謀劃計謀，一般的人和他的子弟都不知道他說了什麼。太祖常常贊賞他說：「公達表面上看愚鈍，其實很聰慧，表面上看怯懦，實際上很勇敢，外表軟弱但是內心剛強，不喜歡自誇，不炫耀自己的功勞，他的聰明是可以有人趕得上的，但是他的愚鈍是沒人能趕得上的，即使是顏回、甯武也不能超過他。」文帝身爲太子時，太祖對他說：「荀公達，是可以爲人師表的人，你定要按照禮節來對待他啊。」荀攸曾經生病了，太子去看望他，跪拜在床前，他竟被尊敬到這種程度了。荀攸和鍾繇關係很好，鍾繇說：「我每次有什麼行動，都是反復思考的，自己認爲是沒必要更改的；每次拿去和荀攸商量，他的答復總是出乎人的意料的。」

公達前後共謀劃的奇策有十二個，衹有鍾繇知道。鍾繇撰寫集子還沒有完成就去世了，所以世上再也沒有人知道了。荀攸跟隨曹操征討孫權，在路上去世了。太祖每次說起他就流淚。

原文

長子緝，有攸風，早沒。次子適嗣，無子，絕。黃初中，紹封攸孫彪爲陵樹亭侯，邑三百戶，後轉封丘陽亭侯。正始中，追謚攸曰敬侯。

賈詡字文和，武威姑臧人也。少時人莫知，唯漢陽閻忠異之①，謂詡有良、平之奇。察孝廉爲郎，疾病去官，西還至汧，道遇叛氐，同行數十人皆爲所執②。詡曰：「我段公外孫也，汝別埋我③，我家必厚贖之。」時太尉段熲，昔久爲邊將，威震西土，故詡假以懼氐。氐果不敢害，與盟而送之，其餘悉死。詡實非段甥，權以濟事④，咸此類也⑤。

注釋 ①異：認爲不平凡。②執：捉住，逮捕。③埋：埋沒，隱藏。④濟事：成事。⑤咸：都。

譯文 荀攸的長子荀緝，很有荀攸的風範，很年輕的時候就去世了。他的次子荀適繼承了父業，他沒有兒子，所以爵位斷絕了。黃初年間，續封荀攸的孫子荀彪擔任陵樹亭侯，食邑爲三百戶，後來轉封他做丘陽亭侯。正始年間，追封荀攸謚號爲敬侯。

賈詡字文和，是武威姑臧人。年輕的時候沒有人知道他，衹有漢陽的閻忠很欣賞他，說賈詡有張良、陳平的奇才。他

賈詡

賈詡，字文和，武威姑臧（今甘肅武威）人。三國時期魏國著名謀士，曾先後擔任三國軍閥李傕、張繡、曹操的謀士，官至魏國太尉，謚曰肅侯。

被舉薦做了孝廉，擔任郎官，因爲生病就辭官了，向西還鄉到了汧縣，路上遇上了氐族叛亂，同行的幾十個人都被叛亂的氐族逮捕了。賈詡說：「我是段公的外孫，你千萬别傷害我，我家一定會用重金來贖我的。」這時候的太尉段熲，原先很長時間都擔任邊防的將軍，在西部邊疆很有名聲，所以賈詡用謊言使氐族害怕。氐族的叛賊果然不敢殺害他，和他訂立了盟約並送他回去了，其餘的人都被殺死了。其實賈詡不是段太尉的外甥，衹不過是隨機應變地辦事罷了，就好比這類情況。

原文

董卓之入洛陽，詡以太尉掾爲平津都尉，遷討虜校尉。卓婿中郎將牛輔屯陝，詡在輔軍。卓敗，輔又死，衆恐懼，校尉李傕、郭汜、張濟等欲解散，間行歸鄉里。詡曰：「聞長安中議欲盡誅涼州人，而諸君棄衆單行，即一亭長能束君矣①。不如率衆而西，所在收兵，以攻長安，爲董公報仇，幸而事濟②，奉國家以征天下③，若不濟，走未後也。」衆以爲然。傕乃西攻長安。語在卓傳。後詡爲左馮翊，傕等欲以功侯之，詡曰：「此救命之計，何功之有！」固辭不受。又以爲尚書僕射，詡曰：「尚書

犯長安李傕聽賈詡

初平三年（公元一九二年），董卓被殺，李傕等人心中恐懼，不知所爲，準備各自解散，逃回鄉里。賈詡獻計回軍西攻，最終爲衆人采納。此戰大勝後，賈詡被封爲左馮翊。

僕射，官之師長，天下所望，詡名不素重，非所以服人也。縱詡昧于榮利④，奈國朝何！」乃更拜詡尚書，典選舉，多所匡濟⑤，傕等親而憚之。會母喪去官，拜光祿大夫。傕、汜等鬥長安中，傕復請詡爲宣義將軍。傕等和，出天子，祐護大臣，詡有力焉。天子既出，詡上還印綬。是時將軍段煨屯華陰，與詡同郡，遂去傕托煨。詡素知名，爲煨軍所望。煨內恐其見奪，而外奉詡禮甚備，詡愈不自安。

注釋 ①束：制約。②濟：成功。③國家：指朝廷。④昧：貪慕。⑤匡濟：匡正，保全。

譯文

董卓進入都城洛陽，賈詡以太尉屬官的身份擔任平津都尉，後來又升爲討虜校尉。董卓的女婿中郎將牛輔駐扎在陝西，賈詡在牛輔的軍隊中擔任職務。董卓被打敗後，牛輔這時候又死了，士兵都很害怕，這時候，校尉李傕、郭汜、張濟等都想解散軍隊，抄小路回到家鄉。賈詡說：「我聽說長安城裏有人打算把涼州人都殺光了，但是各位將領卻打算丟下部隊單獨回到家鄉，衹要是個亭長就能約束你們。倒不如帶領着部隊往西，到所到的地方招收士兵，到時候再攻打長安，替董公報仇，要是幸運的話成就了大事，我們就可以尊奉國家去征討天下的叛賊，要是不成功的話，那麼再逃跑也不晚。」大家都認爲這樣做是有道理的。李傕于是往西攻打長安。這件事記載在《董卓傳》中。後來賈詡擔任左馮翊，李傕等想因爲這次功勞封他做侯，賈詡說：「這衹不過是用來救命的計謀，哪裏有什麼功勞啊！」堅決不接受。後來又讓他做尚書僕射，賈詡說：「尚書僕射，那是百官的師長，是被天下人所仰望的，我賈詡的聲名向來就不顯赫，不值得讓衆人服我。即使賈詡我貪慕虛榮，那麼對國家又有什麼好處呢！」于是又改任命賈詡做尚書，掌管選舉賢才，對人事有所匡正、保全，李傕等跟他親近但是又害怕他。後來趕上賈詡的母親去世了他辭掉了官職，授予他光祿大夫。李傕、郭汜在長安中戰鬥的時候，李傕又請求賈詡擔任宣義將軍。李傕等講和，放出天子，保護大臣，全靠賈詡的力量。天子被放出以後，賈詡上前歸還了官印和綬帶。這時候將軍段煨駐守在華陰，他和賈詡是一郡的，賈詡離開了李傕歸順了段煨。賈詡向來名聲很好，段煨很敬重他。段煨內心害怕自己的權勢被別人奪去，表面上對賈詡很好，可是實際上卻不一心，賈詡感到非常不安。

原文

張繡在南陽，詡陰結繡①，繡遣人迎詡。詡將行，或謂詡曰：「煨待君厚矣，君安去之？」詡曰：「煨性多疑，有忌詡意②，禮雖厚，不可恃，久將爲所圖。我去必喜，又望吾結大援于外，必厚吾妻子。繡無謀主，亦願得詡，則家與身必俱全矣③。」詡遂往，繡執子孫禮，煨果善視其家。詡說繡與劉表連和。太祖比征之，一朝引軍退，繡自追之。詡謂繡曰：「不可追也，追必敗。」繡不從，進兵交戰，大敗而還。詡謂繡曰：「促更追之，更戰必勝。」繡謝曰：「不用公言，以至于此。今已敗，奈何復追？」詡曰：「兵勢有變，亟往必利。」繡信之，遂收散卒赴追，大戰，

傅子曰：「詡南見劉表，表以客禮待之。」

臣松之以爲詡之此謀，未合當時之宜。

曹操官渡戰袁紹

官渡之戰曹軍軍糧將盡，士卒疲憊，曹操欲退守許昌。荀彧諫曰說曹軍已扼制袁紹咽喉，袁紹「情見勢竭，必將有變」，讓曹操抓住時機。曹操采納荀彧建議，並依荀攸之計以奇兵襲烏巢，勝袁紹。

果以勝還。問詡曰：「繡以精兵追退軍，而公曰必敗；退以敗卒擊勝兵，而公曰必克。悉如公言，何其反而皆驗也？」詡曰：「此易知耳。將軍雖善用兵，非曹公敵也。軍雖新退，曹公必自斷後；追兵雖精，將既不敵，彼士亦銳，故知必敗。曹公攻將軍無失策，力未盡而退，必國內有故；已破將軍，必輕軍速進，縱留諸將斷後，諸將雖勇，亦非將軍敵，故雖用敗兵而戰必勝也。」繡乃服。是後，太祖拒袁紹于官渡，紹遣人招繡，並與詡書結援。繡欲許之，詡顯于繡坐上謂紹使曰：「歸謝袁本初，兄弟不能相容，而能容天下國士乎？」繡驚懼曰：「何至于此！」竊謂詡曰：「若此，當何歸？」詡曰：「不如從曹公。」繡曰：「袁強曹弱，又與曹爲仇，從之如何？」詡曰：「此乃所以宜從也。夫曹公奉天子以令天下，其宜從一也。紹強盛，我以少衆從之，必不以我爲重。曹公衆弱，其得我必喜，其宜從二也。夫有霸王之志者，固將釋私怨，以明德于四海，其宜從三也。願將軍無疑！」繡從之，率衆歸太祖。太祖見之，喜，執詡手曰：「使我信重于天下者，子也。」表詡爲執金吾，封都亭侯，遷冀州牧。冀州未平，留參司空軍事。袁紹圍太祖于官渡，太祖糧方盡，問詡計焉出，詡曰：「公明勝紹，勇勝紹，用人勝紹，決機勝紹，有此四勝而半年不定者，但顧萬全故也。必決其機，須臾可定也。」太祖曰：「善。」乃併兵出，圍擊紹三十餘里營，破之。紹軍大潰，河北平。太祖領冀州牧，徙詡爲太中大夫。建安十二年，太祖破荆州，欲順江東下。詡諫曰：「明公昔破袁氏，今收漢南，威名遠著，軍勢既大；若乘舊楚之饒，以饗吏士，撫安百姓④，使安土樂業，則可不勞衆而江東稽服矣⑤。」太祖不從，軍遂無利。太祖後與韓遂、馬超戰于渭南，超等索割地以和，並求任子。詡以爲可僞許之。又問詡計策，詡曰：「離之而已。」太祖曰：「解。」一承用詡謀。語在武紀。卒破遂、超，詡本謀也。

注釋 ①陰：暗地裏，偷偷的。②忌：顧忌，不信任。③身：自己。④撫安：安撫，安頓，撫恤。⑤稽服：誠心誠意地信服。

譯文 張繡駐守在南陽時，賈詡暗中和張繡勾結，張繡派人迎接賈詡。賈詡打算啓程前去，有人勸賈詡說：「段煨對您那麽好，您爲什麽還要離開他呢？」賈詡說：「段煨這個人生性就喜歡多疑，而且還有嫉妒我的心意，雖然對我很禮貌，對我很好，可是我不能長久地依靠他，要是我長久在這裏，他就懷疑我要取代他。我走了他肯定很高興，他肯定還希望我在外面連接更強大的力量，他肯定對我

的妻子和兒女很好。張繡沒有可以商量大計的人，也願意我去投靠他，那麽我的家室和我自己都能得到保全。」賈詡于是起身去投靠張繡了，張繡以小輩對待長輩的禮節對待賈詡，段煨果眞對待賈詡的家人非常好。賈詡勸說張繡和劉表聯合。太祖連着攻打張繡，有一天早上他突然下令撤退軍隊，張繡親自帶着士兵追擊他。賈詡對張繡說：「您一定不可以去追擊他，要是追的話肯定會失敗的。」張繡不聽賈詡的話，出兵和曹操交戰，結果吃了敗仗回來了。賈詡對張繡說：「現在快速去追曹操，再戰一場的話肯定能取得勝利。」張繡道歉說：「我沒有聽您的話才到了現在這個局面。現在已經吃了敗仗了，爲什麽還要去追他呢？」賈詡說：「軍隊的勢力是有變化的，馬上去追擊他肯定是有利的。」張繡于是相信了他，收拾起散亂的部下去追擊曹操，和曹操大打了一仗，結果勝利歸來。他問賈詡說：「張繡憑借着精兵追擊曹操撤退的軍隊，您卻說我肯定會失敗的；等我撤回來您卻讓我用打了敗仗的士兵去追擊曹操打了勝仗的軍隊，但我卻取得勝利了。一切都像您說的那樣，爲什麽這些違反常理的事情卻全部得到了驗證呢？」賈詡說：「這是非常容易知道的！將軍您雖然很擅長用兵打仗，但不是曹操的對手。曹操的軍隊雖然剛剛撤退，曹操肯定會自己親自截斷後路的；追擊的軍隊雖然很精良，但是將

領卻不能對抗，他們的士兵還是很勇猛的，所以我就知道您會失敗的。曹操的將領在反攻時沒有什麼失誤，但是沒有耗盡戰鬥力的時候就撤退了，肯定是國內臨時發生了變故；而且他們已經打敗了您，一定會輕裝快速前進，即使留下將領來斷絕軍隊的後路，這些將領雖然勇猛，也不是將軍您的對手，所以雖然用打過敗仗的士兵還是能夠取得勝利的。」張繡于是對賈詡很是佩服。從這以後，太祖在官渡和袁紹交戰，袁紹派人去招降張繡，而且給賈詡寫信邀請和他結成援助的關係。

張繡打算同意他的請求，賈詡在張繡的席座毫不顧忌地對袁紹派來的使者說：「請您回去謝謝袁本初，兄弟還不能相容，還能容天下傑出的人才嗎？」張繡非常害怕地說道：「爲什麼要這樣呢！」他偷偷地對賈詡說：「要是這樣的話，應該歸附誰啊？」賈詡說：「不如歸順曹操吧。」張繡說：「袁紹的兵力強大，曹操的兵力弱小，而且我又與他結了怨恨，歸順他又怎麼樣呢？」賈詡說：「這就是爲什麼要歸順他的原因。曹公是奉天子的命令來號令天下的，這也是爲什麼一定要歸順他的第一個原因。袁紹現在雖然強大，要是我們靠這麼點人馬去投靠他，他肯定不會重用咱們的。曹公雖處于弱勢，要是我們去投靠他，他一定會特別高興的，這就是應該歸順他的第二個原因。這個人有霸王的志向，

抹書離間

肯定會放下以前的私怨的，用以來向天下的人表明自己的高尚品德，這是第三個一定要歸順他的原因。請將軍不要再懷疑了！」張繡聽從賈詡的建議，帶領着部隊歸順了太祖。太祖看到他們來歸降心裏非常高興，他拉着賈詡的手說：「使我的信譽被天下人看重的人是你啊。」曹操上表爲賈詡請求做執金吾，封爲都亭侯，後來又升爲冀州牧。冀州那時候還沒有被平定，留下賈詡擔任參司空軍事參謀。袁紹在官渡把太祖圍困了，那時候太祖的軍糧已經用完了，他問賈詡有沒有好的計策，賈詡說：「您的智慧勝過袁紹，勇氣也勝過袁紹，用人也比袁紹高一招，對時機的把握也勝過袁紹，您有這四個方面的優勢卻半年的時間還沒有攻下袁紹，衹是要顧及到萬無一失。必須要果斷地把握住時機，在很短的時間裏就可以把他平定了。」太祖

說：「太好了。」于是一起出兵，包圍並且抗擊袁紹多達三十餘里營地，把袁紹的軍隊打敗了。袁紹的軍隊潰敗，黃河以北也被平定了。太祖兼任冀州牧，提拔賈詡擔任太中大夫。建安十三年，太祖平定了荊州，打算順江東下。賈詡勸諫他說：「明公過去打敗了袁紹，現在又收復了漢水以南的地區，您的威名已經傳播很遠了，軍勢也已經得到了壯大；如果利用荊州原來就富饒的條件，來對官兵實行賞賜，安撫百姓，讓他們能夠安居樂業，那麼不用勞師動衆就能夠使江東地區臣服了。」太祖不聽從他的意見，于是作戰後沒有取得什麼利益。太祖後來和韓遂、馬超在渭南交戰，馬超等想讓曹操割給他們土地來和好，並請求放回人質。賈詡認爲可以假裝答應他們的要求。曹操又問賈詡對策，賈詡說：「衹要離間他們就行了。」太祖說：「我明白了。」一一采用賈詡的計謀。這些都記錄在《武帝紀》中。最終曹操擊敗了韓遂、馬超的軍隊，這本來就是賈詡出的計謀。

原文

是時，文帝爲五官將，而臨菑侯植才名方盛①，各有黨與②，有奪宗之議。文帝使人問詡自固之術③，詡曰：「願將軍恢崇德度，躬素士之業，朝夕孜孜，不違子道。如此而已。」文帝從之，深自砥礪。太祖又嘗屏除左右問詡，詡嘿然不對④。太祖曰：「與卿言而不答，何也？」詡曰：「屬適有所思⑤，故不即對耳。」太祖曰：「何思？」詡曰：「思袁本初、劉景升父子也。」太祖大笑，于是太子遂定。詡自以非太祖舊臣，而策謀深長，懼見猜疑，闔門自守，退無私交，男女嫁娶，不結高門，天下之論智計者歸之。

文帝即位，以詡爲太尉，進爵魏壽鄉侯，增邑三百，並前八百戶。又分邑二百，封小子訪爲列侯。以長子穆爲駙馬都尉。帝問詡曰：「吾欲伐不從命以一天下，吳、蜀何先？」對曰：「攻取者先兵權，建本者尚德化。陛下應期受禪，撫臨率土，若綏之以文德而俟其變，則平之不難矣。吳、蜀雖蕞爾小國，依阻山水，劉備有雄才，諸葛亮善治國，孫權識虛實，陸議見兵勢，據險守要，泛舟江湖，皆難卒謀也。用兵之道，先勝後戰，量敵論將，故舉無遺策。臣竊料羣臣，無備、權對，雖以天威臨之，未見萬

《世語》曰：「模，晉惠帝時爲散騎常侍、護軍將軍。」

全之勢也。昔舜舞干戚而有苗服，臣以爲當今宜先文後武。」文帝不納。後興江陵之役，士卒多死。詡年七十七，薨，謚曰肅侯。子穆嗣，歷位郡守。穆薨，子模嗣。

評曰：荀彧清秀通雅，有王佐之風，然機鑒先識，未能充其志也。荀攸、賈詡，庶乎算無遺策，經達權變，其良、平之亞歟！

注釋 ①盛：興盛。②黨與：同黨的人。③固：安定，鞏固。術：手段，策略。④嘿：通「默」，沉默。⑤屬：恰好，正好。

譯文 在這個時候，魏文帝擔任五官中郎將，而臨菑侯曹植的才能和名聲正是興盛的時候，他們各自有自己的黨羽，都有互相爭奪王位的說法。魏文帝派人詢問賈詡能夠鞏固自己地位的辦法，賈詡說：「希望將軍能夠提高品德，擴大氣度，親自認眞學習貧寒士人的學業，一天從早到晚都勤奮學習，不做違背做兒子的事情就行了。」魏文帝聽從他的意見，刻苦地磨煉自己。太祖又把身邊的人屏退後悄悄問賈詡，賈詡沉默不回答。太祖說：「我和你說話，你卻不回答，到底是爲什麼呢？」賈詡說：「我

恰好在思考問題，所以不能立即回答您。」太祖于是問：「你在想什麼呢？」賈詡回答說：「我在想袁本初、劉景升父子。」太祖聽了後大笑，于是太子的事最終確定下來了。賈詡認爲他不是太祖的老臣，但是他的計謀卻很長遠，害怕因此受到猜疑，于是整天閉門不出來，回家也不和家人交流，兒女嫁娶，也不攀結達官貴族，天下的人談論起有智謀的人沒有人不想起他的。

魏文帝登上了皇位，任命賈詡擔任太尉，爲他進爵爲魏壽鄉侯，增加食邑三百戶，和以前的加起來一共八百戶。後來又分給他食邑二百戶，封他的小兒子賈訪爲列侯。任命他的長子賈穆擔任駙馬都尉。文帝問賈詡道：「我現在想討伐那些不聽從命令的人來實現天下統一，吳國、蜀國這兩個國家到底先攻打哪個？」賈詡回答說：「奪取領土首先要靠的是武力，建立根本的事業一定要靠道德教化。陛下應該接受上天的禪讓，安撫天下，要是用道德教化來安撫天下的百姓的話，那麼平定天下就沒什麼困難。吳國、蜀國雖然是非常小的國家，但是他們憑借着天然形成的山水優勢，而且劉備很有才能，諸葛亮又非常擅長治理國家，孫權能夠看出來敵我的虛實，陸議懂得分析軍事形勢，他們依靠着險要的地勢來防守，水軍在江湖上游蕩，這些都不是一下子就能除掉的。用兵之道，在于先分析有取勝的

把握，估量敵人的實力分析對方的將領，所以打起仗來就不會有什麼失敗的對策。我在私下裏分析我們的羣臣中，沒有能是劉備、孫權的對手的，您現在雖然靠天威取得了天下，還不是萬無一失的時候。從前唐舜舞動干戚使有苗服從了他，我現在認爲應該先用文治，再動用武力。」文帝不采納他的建議。後來發動了江陵的戰役，士兵死傷很多。賈詡在七十七歲的時候去世。他的謚號是肅侯。他的兒子賈穆繼承了爵位，一直擔任郡守。賈穆去世後，賈穆的兒子賈模繼承了爵位。

評論說：荀彧爲人清廉人品傑出，有輔佐王位的風範，可是他的機智和高遠的見識還有富有遠見的才能，沒有讓他的志向充分發揮出來。荀攸、賈詡，這兩個人幾乎沒有失算過，他們懂得通達，會隨機應變，應該是張良、陳平一類的人吧！

《世語》曰：「太祖遣使從事王必致命天子。」

鍾繇華歆王朗傳

原文

鍾繇字元常，潁川長社人也。嘗與族父瑜俱至洛陽①，道遇相者②，曰：「此童有貴相③，然當厄于水④，努力慎之！」行未十里，度橋，馬驚，墮水幾死。瑜以相者言中，益貴繇，而供給資費，使得專學。舉孝廉⑤，除尚書郎、陽陵令，以疾去。辟三府，爲廷尉正、黃門侍郎。是時，漢帝在西京，李傕、郭汜等亂長安中，與關東斷絕。太祖領兗州牧，始遣使上書。傕、汜等以爲「關東欲自立天子，今曹操雖有使命，非其至實」，議留太祖使，拒絕其意。繇說傕、汜等曰：「方今英雄並起，各矯命專制，唯曹兗州乃心王室，而逆其忠款，非所以副將來之望也。」傕、汜等用繇言，厚加答報，由是太祖使命遂得通。太祖既數聽荀彧之稱繇，又聞其說傕、汜，益虛心。後傕脅天子，繇與尚書郎韓斌同策謀。天子得出長安，繇有力焉。拜御史中丞，遷侍中尚書僕射，並錄前功封東武亭侯。

注釋 ①族父：族兄弟之父，泛指同族的伯伯、叔叔。②道：在路上。相者：看相的人。③貴相：富貴的相貌。④厄：災難。⑤孝廉：古代選官的兩種科目名稱。孝，指孝子。廉，指廉潔的人。

司馬彪《戰略》曰：「袁尚遣使與馬騰、韓遂等連和，騰等陰許之。」

譯文

鍾繇字元常，是潁川長社人。他曾經和族父鍾瑜一起去洛陽，在路上遇到了相面的人，那個人對鍾瑜說：「這個孩子有富貴相，可是會遭到水淹的災害，一定要愼重啊！」走了沒過十里，過橋時，馬由于受到驚嚇，鍾繇掉到水裏差點淹死了。鍾瑜看到了相面人所說的了，就更加器重鍾繇，並且供給他費用，使他能夠專心學習。鍾繇被舉薦爲孝廉，又授予他做尚書郎、陽陵令，因爲得了疾病就辭掉官職了。三公府徵召他，他在這裏擔任廷尉正、黃門侍郎。就在這時候，漢帝在西京，李傕、郭汜等在長安城中掀起叛亂，與關東斷絕了聯繫。太祖兼任兗州牧，才派遣使者上書朝廷。李傕、郭汜等以爲「關東打算獨立，任命自己做天子，現在曹操雖然派來了使者，但並不是他的眞心意思」。于是他們商量着扣留太祖派來的使者，拒絕太祖的意思。鍾繇勸說李傕、郭汜等說：「現在正是英雄紛紛興起的時候，都假托皇帝命令獨斷專行，衹有曹兗州對王室是忠心的，現在應該歡迎他，而不是拒絕他，這並不是咱們將來的願望。」李傕、郭汜等采用了鍾繇的意見，于是對使者給予豐厚的回報，因此曹操的使命能夠得到傳達。太祖已經聽過荀彧好幾次稱贊鍾繇了，又聽說他勸說過李傕、郭汜，就對他更虛心了。後來李傕脅迫天子，鍾繇和尚書郎韓斌一起出謀劃策。天子之所以能夠離開長安，都是鍾繇的功勞。鍾繇被任命爲御史中丞，後來升爲侍中尚書僕射，加上以前建立的功勞被封爲東武亭侯。

原文

時關中諸將馬騰、韓遂等，各擁強兵相與爭。太祖方有事山東，以關右爲憂①。乃表繇以侍中守司隸校尉②，持節督關中諸軍，委之以後事，特使不拘科制③。繇至長安，移書騰、遂等，爲陳禍福，騰、遂各遣子入侍。太祖在官渡，與袁紹相持，繇送馬二千餘匹給軍。太祖與繇書曰：「得所送馬，甚應其急。關右平定，朝廷無西顧之憂，足下之勛也④。昔蕭何鎮守關中，足食成軍，亦適當爾。」其後匈奴單于作亂平陽，繇帥諸軍圍之，未拔；而袁尚所置河東太守郭援到河東，衆甚盛。諸將議欲釋之去，繇曰：「袁氏方強，援之來，關中陰與之通⑤，所以未悉叛者，顧吾威名故耳。若棄而去，示之以弱，所在之民，誰非寇仇？縱吾欲歸，其得至乎！此爲未戰先自敗也。且援剛愎好勝，必易吾軍，若渡汾爲營，及他們渡過河在那裏安營扎寨，在他們還沒有過河的時候攻打他們，一定能打敗他們的。」張既勸說馬騰一起聯合攻擊郭援，馬騰派他的兒子馬超帶領精兵迎戰。郭援到了，果眞打算輕裝渡過汾河，部下都想勸阻他，他不聽。渡水還沒渡一半，鍾繇帶領軍隊出擊，把郭援打敗了，斬殺了郭援，降服了單于。這些在《張既傳》中有記載。後來河東的衛固起兵作亂，與張晟、張琰及高幹等一起做寇賊搶掠，鍾繇又帶領將領們討伐他們並把他們打敗了。自從天子向西遷都長安，洛陽的人口就減少了，鍾繇遷徙關中的人們過去了，又招納了叛逃的人來補充，幾年的工夫，洛陽的百姓和戶口多了起來。太祖征伐關中時，能夠得到足夠的物資，他上表請求鍾繇擔任前軍師。

原文

魏國初建，爲大理①，遷相國②。文帝在東宮③，賜繇五熟釜，爲之銘曰：「于赫有魏，作漢藩輔。厥相惟鍾，實幹心膂。靖恭夙夜，匪遑安處。百寮師師，楷茲度矩④。」

數年，坐西曹掾魏諷謀反⑤，策罷就第。

文帝即王位，復爲大理。及踐阼，改爲廷尉，進封崇高鄉侯。遷太尉，轉封平陽鄉侯。時司徒華歆、司空王朗，並先世名臣。文帝罷朝，謂左右曰：「此三公者，乃一代之偉人也，後世殆難繼矣！」明帝即位，進封定陵侯，增邑五百，並前千八百戶，遷太傅。繇有膝疾，拜起不便。時華歆亦以高年疾病，朝見皆使載輿車，虎賁舁上殿就坐。是後三公有疾，遂以爲故事。

注釋

①大理：官名，即廷尉。掌管刑獄，是九卿之一。②相國：官名，是輔佐皇帝的最高官吏。③東宮：太子居住的宮殿。④楷：楷模，示範。度矩：法度，規則。⑤坐：因爲……犯罪受到牽連。掾：官名，爲丞相府的屬官，掌管屬吏任免。

譯文

魏國剛剛建立的時候，鍾繇擔任大理，後來被提升爲相國。文帝做太子的時候，曾經賞賜給鍾繇五熟釜，上面雕刻上：「偉大的魏國，是漢朝的藩屏輔佐。相國鍾繇是國家的棟梁啊，日夜爲國家操勞，不能安心睡覺，百官應該向您學習，您是他們的楷模啊。」

幾年之後，鍾繇受到西曹掾魏諷謀反這件事的牽連，被罷官回家了。當魏文帝登上了王位，又任命他做大理。等到文帝登上了皇位，改任爲廷尉，進封爲崇高鄉侯。後來升爲太尉，轉封爲平陽鄉侯。這時候司徒華歆、司空王朗都是前朝的名臣。

文帝罷朝後，對身邊的人說：「這三公啊，是一代的偉人啊，後代是難以繼承了！」

等到明帝即位，進封鍾繇爲定陵侯，增加食邑五百戶，連同以前的一共是一千八百戶，升他做太傅。鍾繇的膝蓋有疾病，跪拜不方便。此時華歆也因爲年齡大了有疾病了，每次朝見，明帝都明令手下用車拉着他們，由虎賁抬着上殿就坐。這以後，三公有病，就以這作爲慣例。

【原文】初，太祖下令，使平議死刑可宮割者[1]。繇以爲「古之肉刑，更歷聖人[2]，宜復施行，以代死刑。」議者以爲非悅民之道，遂寢。及文帝臨饗羣臣[3]，詔謂「大理欲復肉刑，此誠聖王之法。公卿當善共議。」議未定，會有軍事，復寢。

太和中，繇上疏曰：「大魏受命，繼蹤虞、夏。孝文革法，不合古道。先帝聖德[4]，固天所縱，墳典之業[5]，一以貫之。是以繼世，仍發明

詔，思復古刑，爲一代法。連有軍事，遂未施行。陛下遠追二祖遺意，惜斬趾可以禁惡，恨入死之無辜，使明習律令，與羣臣共議。出本當右趾而入大辟者，復行此刑。書云：『皇帝清問下民，鰥寡有辭于苗。』此言堯當除蚩尤、有苗之刑，先審問于下民之有辭者也。若今蔽獄之時，訊問三槐、九棘、羣吏、萬民，使如孝景之令，其當棄市，欲斬右趾者許之。其黥、劓、左趾、宮刑者，自如孝文，易以髡、笞。能有奸者，率年二十至四五十，雖斬其足，猶任生育。今天下人少于孝文之世，下計所全，歲三千人。張蒼除肉刑，所殺歲以萬計。臣欲復肉刑，歲生三千人。子貢問能濟民可謂仁乎？子曰：『何事于仁，必也聖乎，堯、舜其猶病諸！』又曰：『仁遠乎哉？我欲仁，斯仁至矣。』若誠行之，斯民永濟。」

書奏，詔曰：「太傅學優才高，留心政事，又于刑理深遠。此大事，公卿羣僚善共平議。」司徒王朗議，以爲「繇欲輕減大辟之條，以增益刖

魏太祖曹操

建安二年（公元一九七年）始，「運籌演謀，鞭撻宇內」的曹操「奉天子以令不臣」，東征西討，開始了翦滅羣雄、統一北方的戰爭。後世史書評操爲：「治世之能臣，亂世之奸雄。」

刑之數，此即起偃爲豎，化屍爲人矣。然臣之愚，猶有未合微異之意。夫五刑之屬，著在科律，自有減死一等之法，不死即爲減。施行已久，不待遠假斧鑿于彼肉刑，然後有罪次也。前世仁者，不忍肉刑之慘酷，是以廢而不用。不用已來，歷年數百。今復行之，恐所減之文未彰于萬民之目，而肉刑之問已宣于寇讎之耳，非所以來遠人也。今可按繇所欲輕之死罪，使減死之髡、刖。嫌其輕者，可倍其居作之歲數。內有以生易死不訾之恩，外無以刖易釱駭耳之聲。」議者百餘人，與朗同者多。帝以吳、蜀

未平，且寢。太和四年，繇薨。帝素服臨吊，謚曰成侯。子毓嗣。初，文帝分毓戶邑，封繇弟演及子劭、孫豫列侯。

注釋 ①平議：商議、評論。宮割：宮刑，又稱腐刑，是破壞生殖機能的刑罰。②更歷：經歷。聖人：這裏指皇帝。③臨饗：用酒食款待。④聖德：聖明有高尚的大德。⑤墳典之業：三墳五典，泛指古代的典籍，這裏指古代的典章制度。

譯文 起初，太祖下令，讓大家討論死刑是否可以改成宮刑。鍾繇認爲「古代以來的肉刑，經過以往聖人的使用，可以再次施行，可以用它來代替死刑」。參加議論的人認爲這個方法不是能夠讓民衆高興的事情，于是這件事就被擱下來了。等到魏文帝宴請羣臣的時候，下詔說「大理打算實行肉刑，這實在是聖王的法度。公卿你們應該在一起好好討論討論。」討論還沒有決定下來，正好趕上戰事發生，于是又被擱下來了。

太和中年間，鍾繇上疏說：「大魏自從奉受天命以來，繼承追尋着虞、夏。漢朝的孝文帝改革法